Fade to Black

di Danila Caputo

A Francesco.
Love is a power greater than death.
(Bruce Springsteen)

PROLOGO

Era l'alba di un giorno come un altro, ma gli uccelli non cantavano. Gli animali ed il campo erano avvolti in un silenzio quasi surreale. Di lì a poco avrebbero avuto inizio i preparativi per spostare il piccolo campo durante il periodo invernale. Gli uomini si sarebbero riuniti per stabilire gli ultimi dettagli, mentre le donne avrebbero cominciato ad ammassare le provviste, costituite principalmente da carne essiccata e pelli conciate. I più intrepidi tra i bambini avrebbero usato dei piccoli bastoni simili a lance per imitarli, affascinati dalle storie che ogni notte i più anziani narravano accanto al fuoco.

L'ampia radura dove i Mahican si erano accampati era circondata da foreste che offrivano riparo dal cattivo tempo, cibo nei periodi di caccia magra e permettevano loro di nascondersi da occhi indiscreti. Erano un gruppo pacifico, distaccatosi dalla tribù principale, violenta e guerrafondaia, per poter vivere in pace. La tribù contava qualche buon guerriero, ma per la maggior parte si trattava di donne, bambini e anziani. Non chiedevano nulla, se non essere lasciati in pace. Migravano a seconda delle stagioni e non avevano un proprio territorio, perché non volevano dover combattere inutili guerre per stabilire la propria supremazia. Eppure, l'odio verso la loro razza stava per scatenarsi in tutta la sua furia e niente avrebbe potuto fermarlo.

Ai bordi del campo, Uruk osservava i tepee lisi e silenziosi. I cavalli erano stati riuniti in un recinto costruito a breve distanza dalle tende, probabilmente perché i Mahican non temevano nessun attacco. Poveri illusi. Tenere i cavalli così lontano li esponeva a innumerevoli rischi. I pochi cani erano stati già uccisi e giacevano, ormai senza vita, in una pozza formatasi con il loro stesso sangue. Non erano riusciti nemmeno ad emettere il loro ultimo latrato per avvertire i padroni del pericolo che incombeva sul villaggio.

Uruk osservava i suoi uomini, il volto e la maggior parte del corpo dipinti di nero, così come nere erano le braghe di pelle di bisonte che indossavano. Non permetteva a nessuno di avvicinarsi ai diavoli bianchi e fare scambi con loro. Ogni volta che avevano attaccato qualche loro convoglio, Uruk aveva severamente vietato ogni forma di saccheggio, pena la morte seduta stante. I diavoli bianchi erano astuti, ma lui era più furbo di loro. Portavano la loro paccottiglia inutile e pretendevano di scambiarla con preziose pelli di bisonte e carni pregiate. Dopo poco gli uomini iniziavano ad ammalarsi, ciondolando per il campo con un unico pensiero: l'acqua di fuoco. Si trattava di una pozione preparata dai diavoli bianchi per soggiogarli. Uruk ne era certo. Una volta, lui stesso ne aveva provato un sorso. Bruciava la gola, giù fin dentro le viscere. Ti scaldava e poi ti lasciava in uno stato di quasi torpore, che per qualcuno poteva rappresentare la felicità. Ma non per lui, che aveva intuito subito a cos'avrebbe portato quella piaga. I diavoli bianchi volevano decimare i loro guerrieri, così non sarebbero più stati in grado di combattere e avrebbero dovuto cedere tutte le loro terre. Gli Irochesi, però, non scendevano a patti col nemico: lo spazzavano via prima che potesse anche solo rendersi conto di quello che stava succedendo.

Il resto del consiglio sembrava scettico riguardo le sue proposte di attaccare per primi. Lo definivano un pazzo sanguinario. Dopo tante vittorie per il proprio popolo, dopo aver perso centinaia di uomini validi, soltanto per assicurargli la sicurezza del territorio, pareva quasi che la sua parola non avesse alcun valore. Gli altri capi volevano trattare coi diavoli bianchi e sentire le loro proposte. Ma il Grande Spirito non avrebbe approvato, Uruk ne era assolutamente sicuro. Non poteva volere che le terre che aveva distribuito agli Irochesi venissero date via in cambio di acqua di fuoco e stupidi fucili. Avevano combattuto più che bene fino a quel momento con archi, frecce e lance, perché cambiare i propri metodi proprio adesso che stavano per ottenere la supremazia sui loro nemici di sempre?

I guerrieri che lo accompagnavano in quell'impresa stavano disobbedendo agli ordini del consiglio, ma credevano in lui e lo avrebbero seguito in capo al mondo, se solo l'avesse chiesto. Capivano bene che quei vecchi non potevano sapere cos'era meglio per l'intera tribù. Uruk era un combattente nato, un capo carismatico, a volte crudele, che però riusciva ad esaltare gli animi anche solo con la sua presenza. Lui sapeva bene cosa voleva dire andare in guerra e sopravvivere al nemico, a differenza di quel branco di anziani che non lasciavano il campo ormai da troppo tempo.

I vecchi non volevano la guerra, lui sì. Attaccare i Mahican, quel branco di smidollati che si era staccato dalla tribù principale, aveva il sapore di una dichiarazione di guerra. Uruk sapeva benissimo che ci sarebbe stata una reazione alla provocazione degli Irochesi e già pregustava la vittoria, quella definitiva stavolta, che avrebbe finalmente messo la sua gente a capo di tutte le altre tribù.

Sterminare, era quella la parola d'ordine. Ormai erano accanto ai tepee e sarebbe bastato un suo gesto a scatenare la violenta furia omicida rappresentata dal muscolo degli Irochesi: i migliori guerrieri di ben due generazioni. Padri e figli combattevano fianco a fianco, proteggendosi le spalle a vicenda. Uruk aveva scoperto che, in caso di morte di un membro della famiglia, gli altri diventavano più sanguinari e vendicativi: era proprio quello che voleva. Furia omicida, che non desse al nemico nemmeno il tempo di capire cosa stesse succedendo. Ecco perché aveva reclutato anche ragazzi che gli altri capi reputavano troppo giovani per poter combattere. Gli anziani avevano smarrito da tempo il vero significato della parola guerra. Erano ormai anni che restavano rintanati nei tepee, ad intessere interminabili discussioni che si concludevano sempre in un nulla di fatto: era giunto il tempo di agire e lui avrebbe fatto in modo che quella tregua precaria fosse finalmente interrotta.

Un solo movimento di Uruk servì a scatenare una violenza inaudita, degna delle battaglie più sanguinose ma che, scaricata su inermi dormienti, risultava ancora più grottesca. L'ultima cosa che molti Mahican videro, una volta strappati al sonno, fu il volto dipinto di nero di un diavolo venuto da chissà dove. Non ebbero tempo di chiedere, di capire o anche solo di pensare a difendersi. I nemici erano troppi, ben armati e avevano una luce folle negli occhi che sembrava donargli una forza quasi sovrumana.

I bambini venivano sgozzati all'istante, poco importava se fossero di pochi mesi o già di qualche anno. Quella razza andava sterminata e quindi non era possibile lasciare in vita cuccioli vendicativi. Nemmeno la più umile delle donne Irochesi avrebbe accettato una Mahican come schiava, quindi anche le donne andavano uccise. I pochi guerrieri erano stati catturati e legati, mani e piedi, perché assistessero allo spettacolo.

I tepee andavano a fuoco, bruciando i cadaveri dei vecchi e dei bambini.
I guerrieri erano stati riuniti al centro del campo, schiena contro schiena a formare un cerchio, così che potessero osservare per intero l'opera degli Irochesi. Alcuni di essi stavano infatti infilando in grosse sacche tutto quello che poteva essere trasportato. I Mahican erano poveri, vivevano solo di caccia e pesca, ma Uruk non aveva potuto negare ai suoi uomini il piacere di saccheggiare il loro campo. Non dopo che gli aveva vietato anche solo di toccare tutto quello che avesse a che fare coi diavoli bianchi.

Con sua grande sorpresa furono trovati degli oggetti evidentemente portati là dai bianchi. Due stecchi, legati tra loro a formare una croce, dei libri dalla copertina in pelle scura, qualche vestito. Uruk ricordò con un ghigno crudele la fine che gli sciamani dei bianchi avevano fatto quando erano arrivati nel suo villaggio, in un vano tentativo di convertirli alla loro bizzarra religione. Erano morti come il loro dio: legati a una croce. Con un rogo sotto ai piedi però, gridando e implorando pietà mentre il fuoco lambiva le loro carni. Evidentemente erano passati anche di là, ma Uruk dubitava fortemente che quel branco di donnicciole che rispondeva al nome di Mahican avesse avuto il coraggio di fare lo stesso.

Quelli che non stavano saccheggiando avevano trovato altro da fare. Le grida delle donne Mahican riecheggiavano tutto intorno, creando una sinfonia che contribuiva ad esaltare i guerrieri Irochesi. Si muovevano come invasati, strappando loro i vestiti di dosso con brutalità e poi sbattendole al suolo prima di violentarle, molto spesso premendo loro una mano sulla gola per tenerle ferme, quasi che si trattasse di cagne in calore. Uruk notò che alcune erano ormai morte soffocate prima che i suoi uomini avessero finito con loro, ma visto che i guerrieri non sembravano lamentarsene, non proferì parola.

Ad un tratto, qualcosa catturò la sua attenzione: un movimento nella foresta. Guardando più attentamente non notò nulla di strano, ma Uruk era sicuro di aver visto bene. Solo un guizzo di colore, niente di più, ma non apparteneva agli animali della foresta: qualcuno era riuscito a fuggire dal campo.

Diede l'ordine di uccidere in fretta i guerrieri superstiti, che stoicamente avevano sopportato l'umiliazione di vedere le proprie mogli, figlie e sorelle violentate e le loro tende bruciate, senza profferire parola, lo sguardo fiero e il mento alto. I guerrieri non avevano mai abbassato gli occhi di fronte al nemico, pur essendo consapevoli di essere stati sconfitti. E allora chi aveva osato fuggire? Quale codardo aveva lasciato la propria gente per cercare rifugio nella foresta?

Notando che il proprio capo sembrava preoccupato, tre dei migliori guerrieri della banda di Uruk gli si avvicinarono, ma l'Irochese non sembrò accorgersene. Si diresse con passo deciso verso la foresta e quelli lo seguirono senza chiedere niente.

Ai margini del campo, dove la terra diventava più morbida e gli alberi più fitti, gli uomini trovarono due serie di tracce che si allontanavano dal luogo del massacro.

Non gli ci volle molto per scovare i fuggitivi. Erano un uomo e una donna, che stavano tentando di allontanarsi senza nemmeno nascondere le proprie tracce, probabilmente pensando che gli Irochesi si sarebbero limitati a distruggere il campo e ogni suo abitante, tralasciando la foresta. O erano molto sprovveduti o, come Uruk credeva, si trattava semplicemente di due codardi che avevano avuto paura di affrontare la morte con coraggio.

Stranamente, la donna aveva i capelli chiari tipici delle donne bianche. Erano del colore del grano maturo e la sua pelle non era scura come quella dei Mahican, sebbene non fosse del tutto bianca. Probabilmente una di quelle cagne Mahican si era accoppiata con un diavolo bianco e quella ragazza era il frutto del loro abominio.

I due scappavano tenendosi per mano, ma la cosa non intenerì nessuno dei guerrieri che gli stavano alle calcagna. Si stavano divertendo con loro, accerchiandoli senza aggredirli, facendogli quindi credere di avere ancora una possibilità di salvarsi. L'uomo, evidentemente un guerriero, per via dei simboli di guerra Mahican che aveva tatuati sul petto e sulle braccia, si era accorto quasi subito di essere inseguito, cercando di tirare la donna per un braccio e farla correre più in fretta. Lei, però, sembrava già stanca e dolorante, probabilmente non abituata a correre a piedi nudi sul terreno impervio della foresta. O forse, più semplicemente, non si era nemmeno resa conto di quello che stava succedendo.

Dopo un po', Uruk diede un ordine ai suoi uomini e quelli si chiusero a cerchio intorno ai due fuggitivi. Uno saltò giù dagli alberi a sbarrargli la strada. Gli altri si avvicinarono sui lati, dov'erano rimasti tutto il tempo a correre, seguendo i Mahican, senza torcergli un capello, solo per il piacere di vedere quella maschera di puro terrore dipinta sui loro volti.

Sull'ultimo lato, Uruk si avvicinava a passo lento ma sicuro. Guardava la donna con interesse: sarebbe stato un bel bottino da riportare a casa. Gli avrebbe tenuto compagnia durante il viaggio e, una volta al campo, avrebbe potuto offrirla in dono al consiglio. Una donna indiana con quei capelli chiari era una rarità, persino loro l'avrebbero capito e apprezzato.

Il Mahican si era parato di fronte alla donna con fare protettivo, guardando i guerrieri con fierezza, quasi che fosse convinto di poterli battere da solo, se avessero osato toccarla. Uruk non se ne curò neppure. Gli Irochesi non tolleravano i codardi e i deboli, soprattutto quelli che abbandonavano la propria gente per salvarsi la vita. Continuò ad avanzare verso di loro, fino a quando il Mahican non cercò di saltargli addosso: fu prontamente atterrato da due dei tre guerrieri Irochesi, mentre il terzo afferrava la donna per i capelli. Uruk gli si avvicinò e ordinò loro di far vedere al codardo quello che pensavano del suo comportamento. La donna iniziò a piagnucolare nella sua lingua, probabilmente chiedendo di essere graziata e indicando debolmente il compagno. Il guerriero la lasciò e Uruk prese il suo posto, afferrandola per i capelli e scuotendola con violenza, come a intimarle di stare zitta. La fece voltare, così che potesse vedere quello che avrebbero fatto al suo uomo. Il Mahican era infatti stato denudato e legato ad un grosso albero. Si contorceva e tentava di liberarsi, ma i suoi tre assalitori non sembravano accorgersene. Lo legarono strettamente con le braccia intorno al tronco e le gambe divaricate, tanto che Uruk seppe con certezza che la dura corteccia gli stava già scorticando la schiena e che la corda avrebbe presto iniziato a fargli sanguinare polsi e caviglie. Forse molto prima del previsto, visto il modo in cui si dibatteva.

Non appena gli Irochesi lo ebbero assicurato all'albero, uno di loro gli si parò davanti. Lo picchiò violentemente al viso, sfogando una rabbia cieca e lasciandolo tumefatto e sanguinante, poi tirò fuori un coltello, alla cui vista la donna cercò di divincolarsi, soltanto per ottenere un altro strattone e un calcio sul retro delle ginocchia da parte di Uruk, rovinando così parzialmente a terra, i capelli stretti ancora nella morsa d'acciaio dell'Irochese. Il coltello saettò nell'aria e incise una ferita profonda nel petto del Mahican, sfregiandolo e rovinando i tatuaggi di guerra sulla parte superiore del corpo.

Il secondo Irochese si avvicinò quindi al prigioniero e, al pari del compagno, lo percosse con violenza e crudeltà, accanendosi questa volta sui genitali, nella speranza che il Mahican si umiliasse gridando di dolore. Il guerriero nemico però si limitò a sbiancare, serrando le labbra. Una smorfia di dolore si disegnò sul viso, ma, a parte un gemito soffocato, non gridò. Insoddisfatto, l'Irochese tirò fuori il proprio coltello e incise un taglio profondo nel basso ventre del nemico.

La donna piangeva apertamente, adesso, guardando il compagno attraverso un velo di lacrime e la massa di capelli che le erano caduti sul viso. Uruk continuava a tenerla e osservò il terzo uomo che riservò al Mahican lo stesso trattamento degli altri due, stavolta però ferendolo profondamente al fianco, tanto che, nello squarcio, ora erano visibili le costole.

Quando tutti e tre i suoi guerrieri ebbero finito, senza essere riusciti ad estorcere un solo grido dal Mahican, Uruk gli si avvicinò, trascinando la sua donna per i capelli, quasi che fosse un sacco di patate. Lei non si alzò neppure, lasciando che il ruvido terreno le graffiasse a sangue la pelle mentre il nemico la spostava come se si trattasse di una bambola di pezza.

Il capo Irochese si limitò a sputargli addosso, non volendosi sporcare le mani con lui, una creatura inferiore. Poi guardò la donna con un ghigno maligno e finalmente riuscì a far gridare di rabbia il Mahican. Dove non era arrivato il dolore fisico, sarebbero arrivati l'oltraggio e le umiliazioni inflitte a quell'insulsa donna.

Soddisfatto del proprio risultato, Uruk le strappò i vestiti di dosso, osservandola con bramosia per un lungo momento. Sembrava essersi arresa al proprio destino, rimanendo inerte al suolo, con gli occhi abbassati in segno di sconfitta. A Uruk non interessava più: voleva donne fiere e forti da poter piegare al proprio volere. Non sapeva che farsene di una creatura inutile come quella, però voleva punire il Mahican e lei si era dimostrata l'unica arma abbastanza tagliente da ferirlo nel profondo.

Sentì distrattamente le corde tendersi e seppe, senza nemmeno guardare, che il Mahican si stava dibattendo ancora di più, nel vano tentativo di liberarsi. Sapeva che il sangue gli stava colando dalle ferite causate dallo sfregamento della corda e poteva quasi immaginare il suo volto trasfigurato dalla rabbia. Sarebbe stato un ottimo guerriero, se non fosse stato un vigliacco.

La ragazza non reagiva e quindi Uruk potè facilmente divaricarle le gambe, posizionandosi in modo che il Mahican vedesse bene quello che stava succedendo. Iniziò a sfogare i suoi istinti più bassi, troppo a lungo trascurati, ma lei chiuse semplicemente gli occhi, lasciandogli via libera, senza nemmeno provare a liberarsi. No, decisamente non gli interessava, ma doveva continuare. Il Mahican gridava sempre di più, le sue frasi ormai sembravano sconnesse, sebbene Uruk non conoscesse la sua lingua e non potesse quindi capire quello che gli stava dicendo. Per rendere la scena più interessante, tirò fuori il proprio coltello da caccia, premendolo alla gola della ragazza mentre la violentava brutalmente, senza preoccuparsi dei danni che le stava arrecando. L'avrebbe lasciata là, ora ne era certo. Gli altri capi non avrebbero gradito un giocattolo rotto e lui era consapevole del fatto che, se voleva piegare il Mahican, era necessario romperlo sul serio.

Lo sentì gridare disperatamente, ma i suoni gli giungevano ormai ovattati. Sapeva che i suoi uomini lo stavano guardando e che l'avrebbero protetto da qualunque minaccia esterna con la propria vita, se necessario, quindi per la prima volta dall'inizio dell'attacco si concentrò soltanto sui propri sensi, fino a quando non raggiunse l'apice, premendo ancora di più il coltello nella gola della donna sotto di lui, facendo però attenzione a non ucciderla. Sentì un rivolo di sangue caldo bagnargli le dita, ma non se ne curò più di tanto.

Quando aprì gli occhi, Uruk si accorse che lei lo stava fissando con un misto di disprezzo e terrore. Per punirla le diede uno schiaffo talmente forte da romperle il labbro inferiore. Forse, ai suoi occhi, sembrava ancora più bella di prima e così, incurante delle urla ormai inarticolate del Mahican, si abbassò a baciarla senza ottenere da lei alcuna reazione.

Una volta finito, Uruk si alzò, voltandosi teatralmente per farsi guardare dal prigioniero, ancora nudo e col sangue della ragazza sulle mani e sui genitali. Quella vista provocò un ulteriore accesso di cieca rabbia nel Mahican legato all'albero, che si dibatté furiosamente per cercare di liberarsi, gridando nella sua lingua frasi incomprensibili agli Irochesi.

Uruk si lasciò andare a una risata. Forte, sguaiata. Lo guardò in viso e poi si voltò a osservare la donna, che ormai sembrava soltanto un relitto umano, rannicchiata al suolo in posizione fetale, evidentemente sotto shock. Che inutile creatura. Non sapeva cosa succedeva in tempi di guerra alle donne? Probabilmente non le era mai successo prima, oppure aveva ereditato dal suo genitore bianco la codardia tipica di quella razza.

Le fece cenno di alzarsi e andar via. Quando non ottenne risposta, Uruk le sferrò un calcio nello stomaco, sentendola gridare per la prima volta. I suoi occhi andarono al compagno legato all'albero, che le disse qualcosa per spronarla ad alzarsi su gambe ormai instabili. Era imbrattata di sangue che le colava tra le cosce e sul petto dalle ferite che le erano state inferte, come grottesche pitture di guerra dipinte sul corpo di un guerriero.

Lei lanciò uno sguardo pietoso al suo uomo legato, come se non volesse separarsene. Lui le gridò di nuovo qualcosa nella loro lingua e a quel punto lei guardò Uruk, avvicinandosi a lui e inginocchiandosi ai suoi piedi, indicando il Mahican legato. Il capo Irochese rise di nuovo, sferrandole un calcio in pieno volto per il quale i suoi guerrieri risero forte. Lei lo guardò terrorizzata e, presa dal panico, si alzò e iniziò a correre. I guerrieri si spostarono per lasciarla passare e lei accelerò l'andatura. Aveva quasi raggiunto la salvezza quando si accasciò al suolo. Un fiotto di sangue le sgorgò dalla bocca semi aperta e gli occhi le si allargarono per la sorpresa e il dolore. Morì quasi subito, tra le grida di giubilo dei guerrieri Irochesi, che la consideravano la giusta fine per un abominio del genere. Gli era stato insegnato che non bisognava mai mischiarsi coi bianchi e quella donna, coi capelli così chiari e i tratti così dissimili da quelli della loro razza, rappresentava quasi una mostruosità alla quale bisognava mettere fine al più presto. Ai loro occhi, il capo era ancora più coraggioso per essersi accoppiato con quell'essere ripugnante.

Uruk, che aveva lanciato il coltello, si voltò lentamente a guardare il Mahican e inorridì nel vedere due scie di lacrime che gli bagnavano le guance. Piangere per una donna? Avvicinatosi ancora di più al prigioniero, Uruk si accorse che era molto giovane. Giovane e stupido, probabilmente educato secondo lo stile di vita pacifico dei Mahican, piuttosto che come un guerriero. Ecco perché aveva tentato di scappare. Era fiero e orgoglioso, ma non aveva disciplina, né la durezza che contraddistingueva i guerrieri della sua stirpe. Un altro inutile Mahican. L'ultimo, a quanto ne sapeva.

Diede ordine di tagliare le corde e quando il ragazzo si fu accasciato al suolo, quasi stordito dalla morte della sua donna e svuotato da ogni emozione, lo voltò con un calcio così che potesse guardarlo dritto negli occhi. Si avvicinò al suo volto, sussurrando alcune oscenità nella sua lingua e poi gli affondò la lama del coltello nel petto, senza però colpire il cuore. Era un taglio non troppo profondo, ma sanguinava copiosamente. Quando l'avrebbero lasciato, gli animali selvatici sarebbero accorsi, richiamati dall'odore di sangue fresco, per divorarlo ancora in vita, ma incapace di difendersi. La giusta fine per un codardo.

Il Mahican, sopraffatto dal dolore e senza fiato, rimase a guardarli mentre si allontanavano, gli occhi ancora velati dalle lacrime e il sangue che gli pulsava nelle tempie, quasi che fosse un tamburo di guerra. La sua ora era giunta.

CAPITOLO 1

"Torre di controllo del pianeta Nocturnu, identificarsi".

"Navetta spaziale ARK01 con a bordo tre passeggeri, chiediamo il permesso di atterrare".

"Motivo della visita, ARK01?"

"Siamo ospiti di Sion. Ci stanno aspettando".

"Permesso di atterraggio accordato, ARK01. Buona permanenza su Nocturnu".

Le voci le arrivavano quasi ovattate, immersa com'era nei propri pensieri. Quella gracchiante, che proveniva dalla radio di bordo, poneva le solite domande di rito, prima di accordargli il permesso di atterrare su quel buco nero di pianeta. E poi quella più profonda di Nemesis, ricca di promesse inquietanti. Non aveva mai capito se lo facesse di proposito o se quello fosse davvero il suo timbro vocale. Nemesis era capace di terrorizzare le persone con un solo sguardo, anche grazie al fatto che i suoi occhi erano a dir poco fuori dal comune, capaci, a comando, di risplendere di luce folle. Quando parlava, però, era davvero la fine: aveva visto gli uomini più duri piegarsi come fuscelli al vento, solo per paura di quello che il gigante avrebbe potuto fargli. Era quasi una magia, anche se in realtà non c'era nulla di magico o di metafisico in quello che avveniva. Probabilmente, l'inconscio riconosceva prima della mente un assassino quando questi si avvicinava e allora la paura cominciava a serrargli la gola, a farli sudare e a dilatargli le pupille. Le sue vittime scivolavano nel panico senza nemmeno capire bene il perché. Nel momento in cui un briciolo di comprensione iniziava a farsi strada nella loro mente era già troppo tardi. Nemesis era un assassino e più di una volta Lux si era trovata a domandarsi se uccidere gli piacesse davvero. Da quello che aveva potuto constatare finora, la risposta era quasi sicuramente affermativa.

Man mano che si avvicinavano al pianeta, Lux riusciva a distinguere le sue caratteristiche principali. Era buio. Terribilmente buio. Lì non brillava mai il sole e forse, proprio per questo, quel sasso spaziale si era popolato di creature della notte, spietati assassini conosciuti col nome di vampiri. Un sorriso amaro le incurvò le labbra allora.

Vampiri. Mostri. Assassini.
Come me.

Sarebbero dovuti essere come fratelli per lei. La sua stessa specie, almeno per metà. Ma non era come loro. Non aveva chiesto di essere trasformata. Nessuno le aveva mai domandato se la cosa le andasse bene. Avevano violato il suo corpo, modificato il suo DNA, l'avevano trasformata in un mostro e nessuno si era mai preoccupato di chiederle il permesso. Avrebbe accettato? No di certo. Meglio la morte che quella condizione di perenne non-vita.

Su Nocturnu era buio e non c'erano alberi o fiori ad abbellire le sue città. Il panorama era costituito da un'unica massa di cemento e vetro, interrotta qua e là da cupole e torri: niente poteva crescere sul cemento. La vita aveva bisogno di luce solare; la morte aveva reclamato il buio e il freddo. Nocturnu era la morte.

"Pronti all'atterraggio".

Lux si voltò verso Nemesis e lo sguardo le cadde su suo fratello, Nathaniel, seduto nella poltroncina accanto a quella del gigante. Teneva la testa alta, col mento leggermente alzato in una posizione di sfida che a molti poteva sembrare arroganza. Forse lo era, ma a Lux non interessava. D'istinto le sue dita sfiorarono l'incavo del polso destro, trovandolo liscio e, come tutto il resto del suo corpo, freddo. Anni prima c'era stata una cicatrice in quel punto, perfettamente uguale a quella sul polso di Nathaniel. Sigillava il patto di sangue stretto tra due creature senza un posto dove andare, perse in un mondo che non capivano, tra persone che le trattavano come cavie. La sua cicatrice era però scomparsa nel momento in cui le avevano iniettato i geni che avrebbero modificato il suo DNA. Si era svegliata dal coma e, poco dopo, si era accorta che era sparita, così come ogni altra sul suo corpo. Il vampirismo curava tutti gli inestetismi, rigenerava i tessuti e manteneva il corpo in uno stato di perenne giovinezza. Un'ottima cura di bellezza, se solo non avesse implicato la fine della vita umana come la si era conosciuta fino a quel momento.

Nonostante quel segno tangibile del patto stretto tra di loro fosse ormai sparito, Lux continuava a sfiorare il punto esatto dov'era stata la cicatrice, come se farlo le infondesse coraggio. Forse non si rendeva nemmeno bene conto del motivo per cui lo faceva, eppure le sue dita, inconsciamente, prendevano a toccare il polso ogni volta che pensava a Nathaniel. Maledetta debolezza. Li avrebbe fatti uccidere entrambi uno di questi giorni.

Sentendosi osservato, Nathaniel si voltò a guardarla con espressione interrogativa. Sostenne il suo sguardo per un momento, la fierezza dei suoi occhi invariata, prima di tornare a guardare la piccola pista d'atterraggio, con hangar annesso, che la torre di controllo aveva segnalato sul monito: Hangar numero 8. Benvenuti su Nocturnu.

Nathaniel portava i lunghi capelli corvini legati in una coda di cavallo, perché non lo intralciassero durante il combattimento. Lux gli aveva suggerito di tagliarli, oppure di legarli in una crocchia stretta così come faceva lei coi suoi, ma suo fratello pareva avere le sue buone ragioni per non farlo. Aveva una pelle ambrata e liscia come la seta, zigomi alti che esaltavano la fierezza del suo viso e profondi occhi del colore della terra fertile abitata in passato dalla sua gente. Incantavano quasi tutti, quegli occhi. Castani con delle pagliuzze dorate che riflettevano la luce e che alcune notti parevano tante piccole lucciole che illuminavano il suo sguardo. Sangue indiano scorreva nelle sue vene, donandogli un aspetto leggermente esotico e misterioso. Poche donne riuscivano a resistere al suo fascino, ma se mai aveva ceduto alle tentazioni della carne, non ne aveva parlato, né era mai stato visto da Lux o da Nemesis. Il gigante al contrario sembrava amare la compagnia femminile e, quando possibile, faceva visita ai bordelli più rinomati delle città dove li spedivano, addebitando tutte le spese al governo centrale e mandando in bestia il loro capo, Ross.

Lux lo guardò ancora per un momento, poi spinse ogni altro pensiero da parte e si costrinse a concentrarsi sulla missione. Avevano un lavoro da fare e avrebbero fatto meglio a sbrigarsi. Nocturnu non le piaceva per niente e, dover rimanere per troppo tempo a contatto con quei vampiri che avevano ormai ridotto gli umani in schiavitù, la rendeva nervosa.

"Ross ha detto che dovrebbe esserci una delegazione ad attenderci" stava dicendo Nathaniel, mentre infilava un lungo pugnale in argento dalla lama seghettata nello stivale sinistro. Intorno alla vita aveva legato una strana cintura, alla quale - oltre alla pistola, identica a quelle che portavano gli altri due - aveva agganciato un oggetto dalla forma oblunga. Era leggermente curvato e sarebbe potuto stare comodamente nel palmo di una mano. Sulla schiena aveva legato invece una sacca in pelle nera, dalla cui sommità si intravedevano le code di molte frecce in metallo, sulle quali lampeggiavano piccolissime spie rosse.

"Quando ci hanno mostrato l'hangar ho visto almeno una quindicina di persone, tra tecnici e vampiri. Non mi sembravano molto rassicuranti".

"Non mi piace. Non mi piace per niente" commentò cupamente Nemesis, la cui voce profonda si era ridotta a poco più di un sussurro. Il gigante stava soppesando alcuni pugnali da lancio, sempre in argento, nella sala della navicella dedicata alle armi. Ce n'erano di tutti i tipi e in una quantità tale che sarebbero bastate ad armare un piccolo esercito. Erano abituati al peggio e, in caso di necessità, avrebbero potuto tornare lì a prenderne altre.

Era vestito completamente di nero, ben sapendo che quel colore lo rendeva ancora più spaventoso per chi non lo conosceva. E forse anche per quelli che lo conoscevano, ma non si fidavano completamente di lui. I suoi occhi allora corsero a Lux, ma ritornarono quasi subito ai pugnali. Ne infilò uno in ogni stivale e altri quattro nelle apposite asole dell'imbracatura che portava sulle braccia e che altro non era se non un prolungamento di quella che aveva agganciato alla schiena per reggere la lunga spada di fattura orientale.

Un gigante, così veniva etichettato, ma differiva dagli altri non solo per l'altezza, di gran lunga superiore alla media, quanto pure per la stazza. Le spalle erano larghe e possenti, così come il resto del corpo, grazie anche agli estenuanti allenamenti ai quali si sottoponeva incessantemente e al lavoro con la task-force. Di natura era molto sospettoso, in particolar modo dell'uomo che avevano messo al comando della sua squadra: Ross. Lui e Nemesis si odiavano profondamente ma, mentre il gigante lo dimostrava apertamente, Ross fingeva di rispettarlo e stimarlo, con i suoi modi subdoli da politico consumato. Nemesis non credeva che Ross meritasse il titolo di capo squadra, perché non era mai presente in missione. Il militare, d'altro canto, si giustificava dicendo che li monitorava costantemente dal quartier generale, grazie ai microchip che gli erano stati impiantati sottopelle. Lavoro, secondo lui, essenziale ai fini della missione. Nemesis lo considerava soltanto un vigliacco che aveva paura di rischiare la propria vita e la propria carriera sul campo e questo non faceva che peggiorare la situazione.

La missione alla quale stavano andando incontro gli risultava poco chiara e, quando aveva chiesto spiegazioni a Ross, gli era stato risposto evasivamente che si trattava di una semplice operazione di routine per assicurare stabilità alla galassia e al Governo Centrale. Eppure, qualcosa gli diceva che non era proprio così che stavano le cose. Avrebbero dovuto essere pronti a tutto, come sempre, e scoprire da soli cosa gli stavano nascondendo.

"Occhi aperti e stiamo a vedere cosa succede" ribattè Lux, che osservò per un momento gli altri due e poi infilò la lunga spada forgiata in una lega di platino e argento nel fodero che aveva sistemato sulla schiena e che era assicurato al suo corpo, grazie a lunghe stringhe di pelle nera che le avvolgevano il torace.

Il naso delicato e con la punta all'insù, gli occhi chiari, resi più profondi da una linea nera di eye-liner e le labbra carnose erano incorniciati da capelli corvini, legati stretti per motivi di praticità: non l'avrebbero così impacciata nell'estrarre la spada. Il suo corpo era fasciato da un'aderente tuta nera, che lasciava veramente poco all'immaginazione, nonostante strizzasse le sue curve come se Lux volesse tentare di nascondere la propria femminilità. Dagli stivali, che arrivavano fino al ginocchio ed erano di taglio militare, spuntavano i manici di due pugnali in argento. Lux aveva indossato guanti senza dita per proteggere le proprie mani quando avrebbe dovuto stringere i pugnali in argento. Essendo lei stessa per metà vampiro, quel metallo a lungo andare le provocava una serie di vesciche, come se ne fosse diventata allergica. Agli avambracci aveva stretto una coppia di bracciali, molto simili a quelli di Nemesis, che contenevano altri due pugnali, che fuoriuscivano come delle zanne dai suoi polsi e che le servivano per cogliere il nemico di sorpresa e ucciderlo prima che questi si rendesse conto di cosa stesse succedendo.

Attorno ai fianchi scendevano morbidamente due fondine, una per ogni lato. All'interno vi erano pistole laser, anch'esse nere, che sparavano raggi di luce solare concentrata e che avrebbero abbattuto il più forte dei vampiri, bruciandolo dall'interno grazie alla potenza del laser e della luce concentrata, che penetrava in profondità nel corpo, per poi innescare una mini esplosione quando il vampiro era ancora in vita. Il loro sangue e in genere tutti i tessuti, infatti, reagivano in modo violento alla luce, quindi farla esplodere direttamente all'interno del loro corpo, significava provocagli una morte dolorosa e assolutamente inevitabile.

Le armi che portava erano potenzialmente pericolose anche per se stessa, ma Lux non sembrava farci caso, o forse semplicemente non intendeva soffermarsi troppo su quello che era diventata contro la sua volontà. Il suo DNA era stato modificato geneticamente in seguito a una gravissima ferita riportata in combattimento, che l'avrebbe sicuramente uccisa se un'equipe di medici, sbucata dal nulla, non avesse prelevato il suo corpo e trasportato d'urgenza in un laboratorio di cui nessuno aveva sentito parlare. Lux non ricordava molto, a parte lo shock del risveglio, quando aveva scoperto di essere stata trasformata in un mostro.

Mostro, si. Era così che si vedeva allo specchio ogni mattina e così che si sarebbe sempre considerata. Si sforzava di vivere una vita normale, di non pensare a quello che le era stato fatto da ignoti e senza la sua autorizzazione, ma non riusciva a dimenticare il fatto che non era più umana. O meglio, non lo era per metà. Il suo DNA umano era infatti stato incrociato con quello di vampiro, donandole forza e velocità sovrumane e la capacità dei tessuti di rigenerarsi in pochissimo tempo. *Doni* inaspettati erano però stati anche una certa telepatia, disturbi del sonno, la capacità che il suo sangue aveva, una volta versato sulla ferita di qualcun altro, di risanare i tessuti lacerati, la possibilità di vedere il futuro attraverso visioni che però non riusciva a controllare. L'unico aspetto positivo della situazione, almeno secondo Lux, era che non aveva bisogno di succhiare sangue, perché il suo apparato digerente non era cambiato, permettendole di alimentarsi come gli umani. Inoltre, il sole non le bruciava la pelle, per cui non era costretta a dormire di giorno e uscire di sera come tutti gli altri vampiri. O quasi tutti almeno. Su Nocturnu avevano a disposizione una perenne oscurità, quindi i vampiri che abitavano il pianeta non erano più vincolati dal sole. Ci avrebbero pensato loro a fargli scoprire quanto fossero benefici i raggi solari, pensò Lux con un mezzo sorriso crudele, mentre controllava le pistole nelle fondine ai suoi fianchi.

Nathaniel osservò la sorella con occhio critico, ma lei non sembrò accorgersene. Sapeva che Nocturnu e i vampiri che vi abitavano, con il loro stile di non-vita sanguinaria e dissoluta, le avrebbero creato non pochi problemi. Lux sembrava inquieta e da quando l'avevano trasformata non aveva mai voluto accettare il fatto che ormai non era più umana. Sembrava volersene fare una colpa, quando in realtà gli unici colpevoli, secondo lui, erano i medici che l'avevano trasformata senza il suo consenso e rifiutandosi di rivelare chi avesse autorizzato l'operazione, per poi volatilizzarsi, qualche tempo dopo, senza lasciare traccia. C'era qualcosa di terribilmente sbagliato in tutto quello che le era successo. E che era successo a tutti loro, però non era ancora riuscita a capire chi fosse il responsabile di quelle disavventure.

Il computer di bordo, con la voce suadente di quella che Nemesis aveva sempre immaginato come uno schianto di donna, annunciò che avevano raggiunto la zona di atterraggio su Nocturnu. I tre si lanciarono uno sguardo significativo prima di tornare nella cabina di pilotaggio e prendere posto.

******

La delegazione era composta da tre vampiri, alti e dalla pelle diafana che sembrava quasi trasparente sui loro volti. Le vene erano chiaramente visibili e scure, segno che avevano da poco succhiato il sangue di uno dei loro schiavi. Erano avvolti in un lungo soprabito in pelle nera, che li copriva per intero, impedendo di vedere cosa nascondessero al di sotto. Il capo sembrava essere quello che stava un paio di passi avanti agli altri due. Aveva capelli rossi, che portava lunghi fino alle spalle, ordinatamente pettinati e curatissimi. Sembrava osservare tutto e tutti con uno sguardo di ghiaccio, senza lasciar intendere cosa stesse pensando e quindi mettendo a disagio chiunque gli capitasse a tiro.

Quello che contraddistingueva i vampiri era probabilmente la loro immobilità. A differenza degli umani, infatti, non avevano bisogno di muoversi. Il corpo umano compiva una serie di movimenti automatici che gli permettevano di continuare a vivere. Il respiro alzava e abbassava il petto. Il cuore batteva e di tanto in tanto le palpebre si chiudevano per lubrificare gli occhi. Tutti questi movimenti, che a un umano qualsiasi sembravano normali e quasi insignificanti, erano totalmente assenti nei vampiri. Guardarli per qualche momento dava quasi i brividi perché si aveva la sensazione di osservare una statua di marmo, tanto gelidi, freddi e immobili apparivano.

Eppure i tecnici al lavoro sulla pista non sembravano farci caso: erano anch'essi vampiri. Gli unici umani presenti sul pianeta erano, infatti, ospiti oppure schiavi. Questi ultimi erano utilizzati per i lavori più umili, ma soprattutto come riserva di cibo. Se anche avessero voluto cibarsi di sangue animale, infatti, i vampiri di Nocturnu non avrebbero potuto farlo, perché il pianeta era buio e inospitale, quindi non si era mai riuscito a popolarlo di mammiferi in quantità tale da poter alimentare tutti i suoi abitanti. La schiavitù era stata legalizzata, sebbene fosse vista con scetticismo e a volte con vero e proprio orrore dagli altri pianeti, cosiddetti civilizzati.

La navicella si posò dolcemente sulla pista lastricata di metallo e il soffice ronzio dei suoi motori ruppe il relativo silenzio che aveva regnato sovrano fino a quel momento. La delegazione, ferma a pochi metri di distanza, rimase immobile ad attendere che i portelli si aprissero e che gli ospiti scendessero per farsi scortare al palazzo.

Quello che non avevano programmato, però, era che la fuga di notizie riguardanti la task-force, avvenuta qualche giorno prima a causa di una spia tra i servitori di Sion. E che i tecnici, alacremente al lavoro sulla pista, non erano affatto tali, ma guerrieri mandati a impedire che la task-force arrivasse a destinazione.

I tre si resero conto del pericolo che stavano correndo soltanto quando Nemesis mise piede sulla pista. I tecnici, infatti, tirarono fuori spade e lunghi pugnali, lanciandosi, in una misura di circa dieci a tre, sulla delegazione, convinti di poter sterminare facilmente sia i vampiri sia gli umani e contando sulla loro evidente superiorità numerica.

"Siamo alle solite" , mormorò Lux, resistendo all'impulso di portare gli occhi al cielo con fare esasperato, quando sentì le prime grida provenire dalla pista d'atterraggio.

"Mai che si possa stare un po' tranquilli".

Le labbra di Nathaniel si piegarono in un mezzo sorriso divertito: non sembrava per niente turbato. Nessuno di loro lo era, come se quell'attacco fosse normale amministrazione per la loro squadra. Quando finì di scendere i gradini, si era calato di nuovo nella parte del guerriero senza pietà e ogni traccia di ilarità o di buonumore era scomparsa dal suo viso. Era tempo di dare una lezione a chiunque avesse pensato che ucciderli sarebbe stato un compito facile.

"Una bella accoglienza calorosa, proprio quello che ci voleva per sgranchirsi le gambe" stava, intanto, dicendo Nemesis, che non vedeva l'ora di trovarsi in una situazione del genere: l'inattività lo annoiava. Il gigante si stava avvicinando già con fare minaccioso ai finti tecnici, senza prestare alcuna attenzione ai vampiri della delegazione, che stavano già battendosi.

Nessuno aveva ancora tirato fuori le pistole: avrebbero corso tutti dei rischi enormi. I vampiri non ci tenevano a morire tra atroci sofferenze per colpa delle pistole laser potenziate ai raggi di sole, magari per mano di un amico. Durante un combattimento del genere si tendeva a sparare all'impazzata, senza prendere la mira e non conveniva a nessuno potenziare il conflitto con armi automatiche. Spade e pugnali erano più che sufficienti. La task-force, di contro, non utilizzava le armi automatiche anti-vampiro a meno che non vi fosse una reale necessità. Non volevano, infatti, rischiare la vita di Lux, ma per non farglielo pesare giustificavano quella decisione col fatto che un sano corpo a corpo o un duello di spade li avrebbe soddisfatti di più.

Nathaniel si fermò accanto alla scaletta e allungando una mano prese lo strano oggetto ricurvo che portava appeso alla cintura. Poggiò, poi, il polpastrello sulla sua curva interna e in una frazione di secondo l'oggetto lesse la sua impronta digitale, attivandosi con un ronzio.

In un batter di ciglia il ronzio s'intensificò e lo strano oggetto cominciò ad allungarsi. Una luce chiara lo percorreva e non gli ci volle molto per trasformarsi in un lungo arco. Non appena la trasformazione fu terminata, la luce si spense e l'oggetto, costruito nei laboratori del Governo Centrale utilizzando le ultimissime tecnologie a disposizione, apparve come un normalissimo arco in metallo.

L'indiano, allora, prese una delle frecce che trasportava nella sacca sulle spalle, passando il pollice anche sulla piccola lucina rossa lampeggiante. Attivò in questo modo la freccia, la cui luce diventò verde, e la incoccò, prendendo bene la mira prima di lasciar andare la corda. Il colpo centrò uno dei vampiri che si stavano avvicinando minacciosamente alla navicella. Lo stava guardando dritto negli occhi quando la freccia gli si conficcò nel petto, provocando una luce così intensa da costringere tutti gli altri vampiri a proteggersi gli occhi con un avambraccio. Il vampiro colpito gridò di dolore, mentre la luce, che proveniva dal suo petto, innescava una combustione che lo stava bruciando dall'interno. In un attimo, crollò in ginocchio, cercando di estrarre la freccia. Morì tra dolori atroci e non appena quell'ultimo briciolo di non-vita si fu spento, la luce al suo interno si spense a sua volta, come se avesse capito che il suo compito era terminato.

Gli altri vampiri si voltarono tutti in direzione di Nathaniel, che ora sorrideva in modo sornione ed estremamente pericoloso.

"Sorpresa", disse con finta allegria in un tono molto basso e alquanto minaccioso.

L'escalation di violenza causata dalla morte cruenta del loro compagno non fece ancora estrarre le pistole ai rimanenti vampiri, ma piuttosto servì a velocizzare l'azione e a far perdere la concentrazione ai compagni del vampiro caduto.

Nemesis, che era quello più avanti, afferrò il vampiro più vicino per il collo, sollevandolo senza sforzo e poi scagliandolo in alto senza un apparente motivo. Un momento dopo, uno dei suoi coltelli da lancio lo colpì nel punto esatto dov'era stata la sua mano, prima ancora che il vampiro toccasse terra, tranciandogli la gola di netto.

Altri due, allora, si lanciarono insieme sul gigante, sperando di poterlo sopraffare, mentre i rimanenti cinque vampiri correvano in direzione di Nathaniel e Lux, appena scesa dalla navicella e già con la spada in pugno.

Nemesis sembrò divertito e per prolungare il combattimento si mise a schivare i colpi degli avversari con un'agilità che sembrava impossibile per un uomo della sua stazza. I vampiri gli ringhiavano contro, percependo il pericolo rappresentato dal nemico che stavano fronteggiando, ma senza mai indietreggiare. Cercavano di afferrarlo alla gola, oppure di fargli perdere l'equilibrio, con lo scopo preciso di lanciarglisi addosso e bucargli la giugulare con le loro zanne affilate. Eppure, lui continuava a sfuggirgli, sorridendo beffardo ogni volta che schivava uno dei loro attacchi. Sembrava stesse giocando con loro, gettando benzina sulla loro rabbia e innervosendoli dunque ancora di più.

Lux roteava intanto la spada sulla propria testa, così come avrebbe fatto un guerriero vichingo nell'antichità del mondo dal quale proveniva. Un vampiro le si avventò contro, ma lei riuscì a schivarlo e, poi, a colpirlo con un calcio di tacco ben assestato al petto. Il nemico perse l'equilibrio, però si rialzò subito, ritornando ad attaccare la donna, che sembrava tanto impassibile quanto letale e che lo stava osservando con occhi spiritati, quasi che fosse posseduta da qualche demone. Questa volta, però, quando l'attaccò di nuovo, riuscì a ferirla ad una guancia col lungo coltello che brandiva, lasciandole una lunga scia di sangue sul viso. Lei sembrò sorpresa all'inizio, come se non si aspettasse che il vampiro sarebbe riuscito ad avvicinarsi tanto, però si riprese subito, portando finalmente la spada in posizione da combattimento e lanciandosi in un violento affondo ai danni del vampiro. Affondo prontamente parato dal vampiro con la sua lama ma che fu seguito, quasi subito, da un altro e poi da un altro colpo ancora. Lux non gli dava tempo di pensare e si muoveva con la stessa velocità e grazia dei vampiri, cosa che evidentemente i nemici non si aspettavano. Gli era stato detto che gli ospiti di Sion erano tre semplici umani, ma non era così: quei tre erano ben addestrati e non erano lenti e pesanti come tutti gli altri soldati umani con i quali avevano avuto a che fare.

Nel frattempo Nathaniel aveva riposto l'arco, usato per infuocare la battaglia e attizzare la rabbia degli assalitori, per prendere il pugnale che aveva messo nello stivale e che sembrava quasi una piccola spada, tanto era lungo. Lo stava usando per combattere contro i vampiri che, a turno, gli si lanciavano contro, tentando di vendicare i loro compagni. Durante il combattimento si era avvicinato a Lux, quasi senza rendersene conto, guardandole le spalle e allo stesso tempo offrendole le sue, così che lei potesse fare altrettanto.

Anche Nemesis si era avvicinato a loro, ma non sembrava per niente turbato dal combattimento. Non un velo di sudore gli imperlava la fronte e le sue labbra erano ancora piegate in un mezzo sorriso di sfida. I tre membri della task-force si trovavano quasi schiena contro schiena, riuniti in un cerchio impenetrabile che impediva agli assalitori di attaccarli alle spalle o di provare a sorprenderli in qualche altro modo. Ad un tratto, il gigante uccise un altro dei vampiri, conficcandogli uno dei suoi pugnali in un occhio e spingendolo tanto a fondo che quello barcollò all'indietro per qualche metro e poi cadde per terra senza vita. I compagni non si fermarono questa volta, continuando a combattere, sempre più arrabbiati per fatto che stavano perdendo e perché i tre umani si stavano evidentemente prendendo gioco di loro.

"Lux!", gridò Nemesis, un momento dopo, lanciando quello che sembrava un avvertimento. La donna, allora, lasciò cadere la propria spada e in una frazione di secondo. Grazie a un movimento collaudato, fece spuntare due lame dai racchi degli stivali, lanciandosi poi in un salto per afferrare le mani protese del gigante. Nathaniel si abbassò, accucciandosi per non essere colpito, mentre Nemesis fece roteare Lux sulla propria testa come se si trattasse di una bambola di pezza. Lei rimase rigida come un palo, ad eccezione delle braccia, e le lame nei suoi stivali colpirono tutti i vampiri che li stavano accerchiando, prima di balzare di nuovo a terra. A quel punto anche Nathaniel si rialzò: il trucco era riuscito ancora una volta.

Fu un gioco da ragazzi finire i vampiri già feriti dai pugnali di Lux e, quando ebbero finito, i tre notarono che i membri della delegazione di Sion erano rimasti ad osservarli.

"Grazie dell'aiuto, compari", li apostrofò Nemesis con sarcasmo. "Non so come avremmo fatto senza di voi, spero non vi abbiano ferito per colpa nostra".

"Ve la siete cavata benissimo anche senza di noi" gli rispose uno di quelli, senza scomporsi minimamente. Avevano osservato il combattimento senza intromettersi, mentre gli altri vampiri sembravano concentrati sui tre stranieri, dimenticandosi completamente di loro. Certo, avrebbero potuto intervenire, ma a che pro? Gli era stato chiesto di attendere tre delegati del Governo Centrale e volevano accertarsi che fossero davvero loro. Thor si faceva ogni giorno più astuto e ormai non si contavano più i tentativi di uccidere il suo eterno avversario Sion.

Nathaniel e Lux si scambiarono un'occhiata a quella risposta, prima di riporre le armi e avvicinarsi alla misteriosa delegazione, affiancandosi al gigante. A volte, quando si muovevano, soprattutto in combattimento, i tre sembravano una cosa sola. Erano talmente coordinati che sapevano proteggersi a vicenda, scansando i colpi non destinati a loro da parte dei compagni e combattendo come se potessero leggere i pensieri del resto della squadra.

"Tu non sei umana" disse ad un tratto uno dei tre vampiri, diretto a Lux. Il taglio sulla guancia non si era solo rimarginato durante il combattimento, ma non aveva lasciato nemmeno una cicatrice, come se non fosse mai stata toccata. Il volto della giovane donna era ritornato alla perfezione che lo aveva caratterizzato prima del combattimento e quella guarigione miracolosa poteva avere una sola spiegazione: sangue di vampiro scorreva nelle sue vene.

"E allora?" sbottò lei, per niente abituata a discutere di certi argomenti e sempre a disagio quando era costretta ad avere a che fare con altri vampiri. Nascondeva il proprio disagio, così come altre emozioni che voleva tenere per sé, con ostilità e durezza, riuscendo quasi sempre in quel modo a mascherare il suo vero stato d'animo.

"Perché invece di perderci in chiacchiere inutili non ci spostiamo di qui?" chiese Nathaniel, che sembrava il meno turbato dall'intera faccenda. Non gl'importava se i tre vampiri non si erano prodigati ad aiutarli. Come loro, pensava che ce l'avrebbero fatta anche da soli. E non gl'importava neppure che avessero capito subito quello che la sorella si affannava a nascondere: prima o poi sarebbe venuto fuori. Voleva soltanto concludere quella missione e andar via da quel posto inospitale. Eppure dal modo in cui erano stati accolti sapeva che non sarebbe stato per niente facile: la situazione era decisamente troppo calda.

"Siamo un bersaglio fin troppo facile e non mi va di essere ammazzato solo perché voi vi siete messi a discutere invece di portarci dal vostro capo".

Le sue parole non suscitarono alcuna reazione nei vampiri, che rimasero immobili a fissarlo per un lungo momento. Nathaniel, però, non sembrava per niente turbato dalla loro immobilità: era abituato ad avere a che fare coi vampiri e sapeva fin troppo bene che quello era solo un altro modo per soppesare l'avversario.

"Seguiteci" disse quello che sembrò essere il capo della delegazione, voltandosi e iniziando a camminare senza nemmeno controllare che i membri della task-force lo stessero seguendo. I vampiri non si erano presentati, segno che o non si fidavano di loro oppure non lo ritenevano necessario. Si comportavano come degli automi e quindi il loro compito era probabilmente solo quello di prelevarli e accompagnarli al palazzo.

Socializzare con membri di altre razze non era una prerogativa dei vampiri in ogni caso.

"Che simpatici" sibilò Nemesis, sapendo fin troppo bene che i vampiri che li precedevano avrebbero potuto sentirlo anche se avesse bisbigliato. Il loro udito era formidabile, lo aveva testato lui stesso con Lux da quando era stata modificata. All'inizio gli aveva dato fastidio il fatto che lei sapesse sempre esattamente cosa stesse facendo, come se volesse controllarlo, poi però si era preso la sua rivincita, portandosi un po' di compagnia femminile nelle camere accanto a quelle dove di volta in volta alloggiava Lux, così che potesse sentire bene tutto quello che succedeva nella sua. Il mattino successivo, poi, l'aveva guardata con l'espressione tipicamente maschile di chi si era molto divertito durante la notte e lei aveva abbassato gli occhi, imbarazzata. Già questa era una vittoria per Nemesis, che sapeva bene quanto lei fosse testarda e orgogliosa. A volte aveva pensato che parte di quel comportamento poteva essere giustificato dal fatto che forse avrebbe voluto esserci lei al posto delle puttane che si portava in camera. L'astinenza rendeva le donne acide e probabilmente era questo il motivo della ruvidità di Lux. Dal canto suo, Nemesis non le avrebbe certamente negato la propria compagnia per una notte, se non avesse saputo dei problemi ai quali sarebbe andato incontro il mattino seguente. Lux era quasi sicuramente quel genere di donna che non si dava al sesso senza sentimenti e una volta sveglia avrebbe iniziato a farsi paranoie assurde, mettendo sottosopra l'intera squadra. No, nonostante il fatto che gli sarebbe piaciuto, Nemesis non se la sentiva né di complicarsi la vita né di rovinare l'intesa della task-force. Avevano sudato e lottato duramente per arrivare a quel tipo di equilibrio ormai consolidato. Distruggere tutto per una notte di sesso sarebbe stata una follia.

Da quando aveva usato lo stratagemma del sesso, però, Lux aveva smesso di origliare e sembrava sistemarsi il più lontano possibile da lui ogni volta che sbarcavano.

La donna alla quale stava pensando lo stava ora fissando. Condivideva in pieno i sospetti che Nemesis aveva ventilato nella sala delle armi poco prima: c'era qualcosa di strano. Perché prendersi la briga di assalirli a quel modo in una zona pubblica? Certo, i vampiri erano spietati e probabilmente non avrebbero sprecato una sola lacrima se avessero dovuto uccidere degli innocenti, ma a lei pareva quasi che non volessero fargli raggiungere il palazzo di Sion. Perché? C'era stata di sicuro una fuga di notizie, visto che lo stesso Ross aveva sottolineato più volte l'assoluta segretezza della missione, eppure quei vampiri erano convinti che la presenza della task-force avrebbe fatto la differenza. Meglio morti che con Sion, quello sembrava il motto dei loro assalitori. La situazione era davvero tanto in bilico che soltanto tre uomini, seppure ben addestrati, avrebbero potuto cambiare il corso degli eventi?

Le mani grandi e dalle lunghe dita affusolate di Nathaniel si posarono allora sulle spalle dei compagni, stringendole con delicatezza. Stava chiaramente esortandoli a muoversi e seguire i vampiri che si erano avviati all'uscita dell'hangar, dove sarebbe stata sistemata la loro navetta. Diceva sul serio prima, si trovavano in un luogo completamente aperto, dove chiunque avrebbe potuto colpirli da una torretta e fuggire indisturbato. Non voleva perdere altro tempo.
Sospirando, Nemesis sostenne ancora per un momento lo sguardo di Lux e poi seguì i vampiri. Nathaniel lasciò allora scivolare la mano sulla parte bassa della schiena della donna, in un gesto insieme intimo ed affettuoso. Entrambi seguirono il gigante, che era già salito a bordo di quella che sembrava una vecchia limousine dai vetri scuri. Era una navetta da città lunga e completamente nera, poggiata morbidamente al

suolo su una camera d'aria di gomma che fungeva da ammortizzatore. Quando anche loro si accomodarono, sul sedile di fronte ai tre vampiri venuti a prenderli, le porte si chiusero da sole e la navetta si sollevò dal suolo, mentre una nuvola bianca avvolse la base del mezzo, segno che era pronta a partire.

Dopo poco, senza che alcun rumore fosse udibile dall'interno, la navetta si librò leggera nell'aria e cominciò a inoltrarsi nel cielo oscuro di Nocturnu, mentre sotto di loro scorrevano strade illuminate a giorno da luci artificiali e animate da una moltitudine di vampiri che si districavano tra cinema, negozi e locali vari.

"La Las Vegas dei vampiri" mormorò a se stessa Lux, senza aspettarsi che gli altri capissero cosa volesse dire, ben sapendo che venivano da mondi troppo diversi dal suo per poter cogliere la sottile ironia nella sua voce e nelle sue parole.

CAPITOLO 2

L'interno del palazzo di Sion non era come se l'aspettavano. Dall'esterno gli edifici del pianeta sembravano semplici blocchi di cemento e vetro, quasi tutti uguali tra loro. Gli interni in realtà lasciavano senza fiato: erano tutti diversi e riccamente arredati. Quella di Sion sembrava davvero una residenza reale d'altri tempi, ma l'arredamento di foggia antica creava un contrasto stridente con le aderenti uniformi in pelle nera indossate dai servitori del potente vampiro. A Lux pareva quasi il set di un film fetish del suo pianeta, la Terra, tanto quelle tute parevano appartenere più al mondo sadomaso che a quello regale che Sion voleva riprodurre nella casa, ma decise di non soffermarsi troppo su quella stranezza: si trattava pur sempre di vampiri.

Come tutti i vampiri, quelli che facevano parte dell'entourage di Sion sembravano muoversi senza alcuno sforzo apparente. I piedi erano ben poggiati al suolo, ma i movimenti erano così leggiadri e fluidi che parevano immuni alla forza di gravità. Ad un umano qualsiasi, quel genere di trucco, avrebbe fatto paura. Probabilmente era proprio a quello che i Signori di Nocturnu puntavano per spaventare i propri schiavi, ma la task-force aveva già avuto a che fare con i vampiri in passato e non pareva poi tanto sorpresa di constatare che anche i potenti di Nocturnu ne facevano largo uso.

"Sion sarà qui a momenti" annunciò uno dei tre che li avevano scortati al palazzo. "Intanto vi mostrerò le vostre stanze, così potrete rinfrescarvi e cambiarvi d'abito prima di incontrarlo. *Lui* vi ha messo a disposizione tutto il necessario".

I tre soldati della task force si limitarono a seguirlo senza dire una parola. Gli furono mostrate tre stanze, perfettamente identiche e comunicanti tra loro. Erano situate in un lungo corridoio illuminato da lampade le cui luci volevano imitare la danza sinuosa delle candele, ma che erano vistosamente false nella loro antichità, nonostante fossero di buona fattura. Le pareti erano tappezzate con tessuti pregiati, che sembravano arazzi, tanto erano intricati gli intarsi cuciti su di essi. Anche se fingeva di essere completamente immune a quello che vedeva, Nathaniel era sorpreso: non aveva mai visto niente del genere. Era davvero un castello, come quelli descritti nei libri che i sacerdoti della missione gli avevano letto. Parlavano di tavole rotonde e cavalieri d'altri tempi che si guadagnavano rispetto e onore combattendo contro le ingiustizie. Mai avrebbe sognato di vedere coi propri occhi uno di quei manieri. Eppure Sion era riuscito a riprodurlo senza alterare la grigia normalità della facciata esterna del suo palazzo.

Anche le loro stanze erano tappezzate di quel parato in tessuto che contribuiva all'illusione di trovarsi in un castello antico. Gli spazi erano ampi e le porte molto alte e laccate di bianco, con intarsi dorati che riproducevano foglie e fiori. Una volta entrati, la prima cosa che balzava all'occhio era un camino in marmo bianco, che riprendeva lo stesso stile del resto dell'arredamento, solo che, come le candele, anch'esso era finto: all'interno le fiamme erano riprodotte da giochi di luci, mentre il calore proveniva da un sistema di riscaldamento che percorreva le mura dall'interno, mantenendo le stanze ad una temperatura costante. Davanti al camino erano stati sistemati un tappeto di folta pelliccia e un salottino in velluto rosso e legno scuro laccato in oro, composto da un divanetto e da due poltroncine. Non c'erano tavolini da tè, ma a parte quella piccola dimenticanza sembrava quasi che quell'angolo fosse stato ideato per ricevere degli ospiti.

Così come le porte, anche le finestre erano ampie ed altissime. I davanzali erano talmente larghi che ci si poteva comodamente sedere ed ammirare la notte eterna che regnava sovrana su Nocturnu.

Accanto alla finestra c'era un angolo riservato agli affari, dotato di computer e telefono. Anche qui si ripeteva lo stesso stile, infatti la scrivania aveva i piedi intagliati come se fossero zampe di leone e il piano principale foderato in pelle dello stesso colore del salottino. La sedia era pressoché uguale, a dimostrazione del fatto che chiunque avesse arredato quel palazzo aveva avuto una cura quasi maniacale nell'occuparsi di ogni minimo dettaglio.

Il letto si trovava al lato opposto dalla scrivania. Era a baldacchino, in velluto rosso, con veli laterali trattenuti da corde dorate, che avevano l'aspetto di un sipario. La coperta era in pelliccia scura, e a Nathaniel parve essere molto simile a quella dei lupi che, in un'altra vita, avevano popolato la sua foresta.

Qualcuno bussò alla porta allora, facendolo trasalire. Già quella reazione gli fece capire quanto fosse stato colpito dalle stranezze trovate su quel pianeta oscuro e misterioso. Il rassicurante peso della faretra ricolma di frecce sulla sua schiena gli ricordò che avrebbe dovuto essere pronto a difendersi in ogni caso e così, avvicinatosi alla porta, la aprì di pochissimo per vedere chi fosse.

Lux e Nemesis attendevano all'esterno e un sopracciglio della donna si sollevò nel notare la sua incertezza. Nathaniel allora si fece da parte, lasciandoli entrare mentre andava a sedersi su una delle poltroncine che, oltre che bella, si dimostrò anche estremamente comoda.

"Le stanze sono davvero tutte uguali quindi" esordì Lux, mentre Nemesis chiudeva la porta alle proprie spalle e andava a sua volta a sistemarsi sull'altra poltroncina, mentre la ragazza si stese comodamente sul divanetto.

"A quanto pare a Sion piace ostentare la propria ricchezza" commentò seccamente il gigante, che si era dimostrato il meno colpito da tutto quello che lo circondava. Un po' di brillio non bastava a ipnotizzarlo: sapeva che era tutta una farsa, quindi trattava il posto come se fosse uno di quei costosi alberghi a tema che andavano tanto di moda in alcune galassie.

"Se è così ricco e potente perché gli serviamo noi per tenere a bada questo Thor?"

Gli altri due si voltarono a guardare Nathaniel quasi in contemporanea. Lux si era sistemata sullo stomaco e aveva poggiato il mento sulle mani. I suoi penetranti occhi blu erano illuminati dalle sinuose lingue di luce che fuoriuscivano dal finto camino, donandole un'aria ancora più esotica e misteriosa.

Il fratello aveva finalmente dato voce alla domanda che tutti si stavano ponendo dal momento in cui erano entrati nel palazzo reale. A nessuno erano sfuggite le guardie armate, le imponenti mura elettrificate che difendevano il perimetro del palazzo da ogni attacco esterno, le telecamere di sorveglianza e quello che pareva essere un vero e proprio servizio di sicurezza altamente addestrato.

"Forse la situazione è talmente in bilico che basterebbe una piccola spinta, da una parte o dall'altra, per decidere chi sarà il prossimo sovrano" azzardò la donna a quel punto, scrollando le spalle come a sottolineare che si trattava solo di un'ipotesi.

"Sarà, ma non mi convince" scosse la testa il gigante, passandosi una delle enormi mani sulla testa pelata in un gesto pensieroso che probabilmente compiva senza neanche accorgersene. "Perché il Governo Centrale vuole aiutare Sion e non questo Thor? In fondo noi non sappiamo niente di lui, Ross si è limitato a passarci i file riguardanti Sion e qualche nota su Thor, ma, almeno per quanto mi riguarda, non ho un quadro completo della situazione".

"E sappiamo tutti che quei bastardi non fanno niente per niente" concluse Lux per lui, guardandolo dritto negli occhi. Odiava ammetterlo, però Nemesis aveva ragione. C'era qualcosa che non quadrava. Chi poteva assicurargli che non stessero aiutando la parte sbagliata? Già in passato il Governo Centrale aveva omesso informazioni importanti per muoverli come se fossero dei burattini: niente gli impediva di farlo ancora.

"Però non ne siamo certi" rispose Nathaniel con il tono pacato di chi vuol calmare le acque. Li guardò entrambi e per la prima volta gli sembrò che fossero molto simili. Lux e Nemesis erano entrambi impulsivi e raramente si fidavano di qualcuno che non fosse la propria persona. Per questo motivo si guardavano con un tale sospetto che quando si trovavano d'accordo su qualcosa quasi stentavano a crederci.

"Per me dovremmo semplicemente aiutare questo vampiro a prendersi il potere e passare alla prossima missione. Non ci immischiamo, sono affari loro, non nostri. Cosa c'importa di un gruppo di vampiri fanatici su una roccia dimenticata persino dalla luce del sole?"

"E poi dicono che sono io il bastardo cinico" mormorò con sarcasmo Nemesis, che si stava ora divertendo a osservare le emozioni contrastanti che affioravano sul viso di Lux. Era confusa, arrabbiata e probabilmente delusa dal fratellastro.

"Cosa stai blaterando?" gli chiese infine, senza preoccuparsi di nascondere la confusione che provava in quel momento. "Noi non siamo come loro, l'hai per caso dimenticato? Non siamo burattini! Hai una testa, no? Perché allora non la fai funzionare? Io non ho nessuna intenzione di aiutare questo tizio a salire al trono se prima non avrò la certezza assoluta che tra i due mali sia il minore per questi vampiri!"

"Qualcuno si è sentito punto sul vivo...." ridacchiò Nemesis, che trovava estremamente divertente l'intera situazione.

"Che cosa diavolo vorresti dire, eh?" sbraitò a quel punto Lux, balzando in piedi ed avvicinandosi minacciosamente al gigante. Gli sarebbe saltata alla gola, punta sul vivo da quel commento tanto cattivo quanto vero, se Nathaniel non si fosse messo tra loro, cercando di placare gli animi ancora una volta.

"Andiamo andiamo... non è il caso di scaldarsi tanto, lo conosci, no?" le disse, guardandola dritta negli occhi come se Nemesis non fosse nemmeno nella stanza. Non era la prima volta che quei due si comportavano come cane e gatto, ma in quella fase tanto delicata della missione dovevano essere compatti, se volevano uscirne vivi.

"Dico soltanto che dovremmo essere cauti. Cerchiamo di capire cosa c'è dietro le macchinazioni del governo centrale e poi agiremo di conseguenza, d'accordo?"

"E se invece mollassimo tutto?"

La frase apparentemente pronunciata con casualità da parte di Nemesis lasciò tutti di sasso per un lungo momento. Quante volte ci avevano pensato? Almeno un centinaio, da quando li avevano prelevati dai rispettivi pianeti per arruolarli a forza in quella task-force al servizio di un Governo Centrale che si rifiutavano di riconoscere. Eppure nessuno aveva mai osato pronunciare quelle parole. Volevano fuggire, si, ma quali sarebbero state le conseguenze? Avrebbero probabilmente dovuto vivere come prede braccate da un sistema potente e molto più grande di loro. I microchip che gli erano stati impiantati sottopelle li rendevano prede facili per i segugi del Governo Centrale, quindi per prima cosa avrebbero dovuto trovare il modo di sbarazzarsene: solo allora avrebbero potuto sentirsi relativamente al sicuro.

"Non sarebbe una novità per me. Saprei come nascondermi e a differenza di qualcun altro non mi farei scrupoli a spazzare via chiunque volesse interferire. Si tratterebbe di vita o di morte e in tutti questi anni ho sempre scelto la vita, anche a scapito di quella di qualche povero malcapitato".

Lux a quel punto lo guardò da sopra la spalla di Nathaniel, che si trovava ancora tra di loro. Lo sguardo che i due si lanciarono non fu esattamente amichevole e, per la prima volta, la ragazza si chiese se le voci che circolavano sul suo conto - cioè che Nemesis fosse un pazzo omicida che aveva sterminato tutti i membri della propria task force qualche anno prima - fossero vere. Forse, anche allora aveva tentato di fuggire e per farlo non aveva esitato a uccidere i propri compagni. Lo sguardo del gigante non vacillò neppure per un momento sotto quello scrutinio tanto attento, mostrando a Lux tutto quello che voleva vedere, come se non avesse niente da nascondere.

Quando si udì qualcuno bussare di nuovo alla porta però, le labbra gli si curvarono in un mezzo ghigno divertito.

Fregata...

"Se volete seguirmi, vi accompagnerò dal nostro Signore Sion" annunciò una delle guardie, prima di voltarsi e iniziare a percorrere il lungo corridoio per guidarli verso chissà quale altra ala del castello.

I tre si guardarono per un momento, ma non dissero niente. Sapevano bene quanto fosse sensibile l'udito dei vampiri ed erano quasi certi che almeno una delle guardie che si trovavano in giro aveva potuto udire i loro commenti. Non avevano idea di cosa aspettarsi, ma tennero il loro nervosismo ben nascosto, per non dare al nemico un'arma preziosa da usare contro di loro.

Infatti, invece di cominciare a passeggiare nervosamente per la sala nella quale erano stati condotti, come forse le guardie si aspettavano che facessero, presero posto tutti insieme in modo calmo e composto. Lux e Nathaniel su un lungo divano di foggia barocca, in pelle nera, che sembrava essere l'ultima moda in quel posto, Nemesis su una poltroncina poco distante, dalla quale poteva osservare una delle larghe porte di accesso alla sala.

Qualche momento dopo, proprio quelle porte si aprirono da sole, sospinte da qualcosa di molto simile a un vento freddo. Lux capì subito di cosa si trattasse, prima ancora che il vampiro in questione facesse il proprio ingresso nella stanza: Sion. Lunghi capelli biondi ricadevano sulle sue spalle in morbide onde, incorniciando un paio d'occhi di un azzurro cupo, molto diverso dalle delle iridi di Lux. I suoi lineamenti erano morbidi, quasi femminei, ma il corpo sembrava voler chiarire definitivamente che non si trattava di una donna. Pareva scolpito nel marmo, tanto era perfetto. E quella perfezione era evidenziata da un paio di pantaloni neri che aderivano alle sue gambe, come una seconda pelle: stivali di fattura antica che arrivavano fin sopra il ginocchio e una camicia immacolata, aperta sul davanti con finta nonchalance per mostrare gli addominali scolpiti.

"Benvenuti in casa mia" esordì il capo dei vampiri ribelli con un sorriso sornione.

Da tempo immemorabile due fazioni di vampiri si affrontavano sul pianeta per ottenere la supremazia. Una era guidata da Thor, capo sanguinario e, da quanto riferivano le pochissime notizie in merito, assetato di potere. L'altra, che secondo il Governo Centrale voleva soltanto difendersi e impedire a Thor di ascendere al potere, era capitanata da Sion. La scusa ufficiale per la mancanza di informazioni su Thor era che nessuna spia era ancora riuscita a infiltrarsi nel suo entourage. Tutto questo, ovviamente, non rendeva meno misterioso il fatto che, nonostante non avessero molte informazioni nemmeno su Sion, i politici a capo dell'universo volessero aiutarlo nella sua ascesa al potere, distruggendo il suo unico nemico.

In realtà, fino a poco tempo prima il Governo Centrale aveva finto di non essere a conoscenza delle guerre intestine tra i vampiri di Nocturnu.

Negli ultimi mesi, però, gli scontri erano diventati talmente violenti da non poter più continuare a fingere. Sion era stato contattato in gran segreto ed aveva accettato di buon grado l'aiuto del Governo Centrale, promettendo di lasciarsi consigliare da una task-force altamente specializzata inviata per sbloccare quella situazione di stallo. Da quanto avevano appena verificato però c'era stata una fuga di notizie: Thor aveva saputo del loro arrivo e aveva, ovviamente, cercato d'impedire che giungessero vivi al palazzo di Sion.

I tre guerrieri si alzarono in piedi in segno di rispetto, quando il vampiro master fece il suo ingresso. Nel momento in cui gli occhi di Lux incontrarono quelli di Sion, però, i loro poteri reagirono. Sion rimase senza fiato, ma cercò di non darlo a vedere. Lux, ancora turbata dalla chiacchierata di poco prima con gli altri membri della task-force, non era riuscita a reagire per tempo, schermando quello che sembrava un assalto bello e buono. Sembrava che i due poteri si stessero sfiorando, testandosi a vicenda, ma non in modo violento come le era sempre capitato: quelle leggere scariche d'energia che si stavano scambiando avevano un sapore molto più sensuale, al quale pareva che nessuno dei due fosse preparato.

I due opponenti si guardarono negli occhi per un lungo momento, mentre i poteri che li animavano facevano una reciproca conoscenza, trasmettendo loro sensazioni che assomigliavano fin troppo alle carezze di un amante piuttosto che a scariche potenti e violente come sarebbe invece stato normale.

Lux distolse lo sguardo per prima, resasi conto che era stato proprio lo sguardo di quel vampiro tanto potente ad attivare quella strana reazione.

Il potere a quel punto sembrò riversarsi di nuovo nel suo corpo, riducendo man mano, fino a farle scomparire, le sensazioni che avevano accompagnato quell'inopportuno scambio d'informazioni.

Nathaniel poggiò una mano sulla spalla della sorella, preoccupato dalla sua espressione, anche se, non essendo dotato di poteri paranormali, non aveva sentito assolutamente niente. Nemesis invece si limitò a studiare il nuovo venuto, intuendo quello che era potuto succedere e ripromettendosi che avrebbe indagato al più presto.

"Voi dovreste essere Nemesis, Nathaniel e Lux, se non sbaglio" riprese poi Sion, come se niente fosse, sfoderando un sorriso abbagliante per nascondere la confusione che ancora provava per via di quella strana reazione del proprio potere nei confronti di una perfetta sconosciuta. Non era umana, ma questo lo sapeva già, il Governo Centrale gli aveva passato i file di tutti e tre i soldati, prima che lui accettasse di lasciarsi aiutare, quindi credeva di sapere già tutto di loro. Quello che non si era aspettato, però, era quella reazione tanto repentina quanto intensa. Ma non sarebbe successo di nuovo: aveva sottovalutato il potere di quella femmina una volta, non l'avrebbe fatto ancora.

"In carne ed ossa" rispose Nathaniel, sorridendo anche se non si sentiva di farlo. Teneva una mano fermamente sulla spalla della sorella, come a volerle ricordare che lui era là a sostenerla, anche se pareva non ce ne fosse più bisogno. Lux aveva rialzato la testa e, anche se evitava accuratamente di guardare il vampiro negli occhi, si comportava come se nulla fosse successo.

"Ci troviamo al cospetto del futuro Signore di Nocturnu quindi, Sion".

"In carne ed ossa" ribatté il vampiro, sorpreso dal fatto che la donna si fosse già ripresa e che sembrava voler evitare di guardarlo a tutti i costi. Tutte le donne umane che avevano scaldato il suo letto prima, e la sua pancia poi, si erano sempre mostrate più che desiderose di attirare la sua attenzione. Per i loro standard era molto attraente e grazie, al proprio potere e a una certa esperienza, riusciva a nascondere quasi del tutto la sua appartenenza a una razza diversa. Eppure quella Lux non sembrava farci neppure caso. Stava lì, tesa come una corda di violino, col mento alto e un'espressione arrogante sul volto, come se lui potesse davvero credere che il contatto tra i loro poteri non l'avesse sconvolta. Furba, ma non abbastanza per lui.

"Sono molto felice del vostro arrivo. Il Consiglio del Governo Centrale mi ha raccontato meraviglie di voi e di sicuro qui abbiamo bisogno di un po' d'aiuto, come avrete già potuto notare da soli".

"Questo è ancora da vedere" ribatté il gigante, al quale non era andato giù il fatto che quell'arrogante vampiro non si fosse nemmeno scusato di aver mandato soltanto tre incapaci ad accoglierli all'hangar, rischiando un massacro.

"Nemesis!" lo richiamò Lux con un sibilo, guardandolo con occhi scintillanti. Cosa gli era preso? Voleva far sapere a tutti che pensava di scappare oppure cercava semplicemente di inimicarsi quel vampiro così maledettamente potente? Un'ottima strategia, non c'era dubbio, però lei non aveva nessuna intenzione di farsi ammazzare per colpa sua.

Sion osservò gli sguardi accesi che i due si lanciarono prima di tornare a guardarlo e sorrise tra sé e sé. Era evidente che c'era qualche disaccordo all'interno della squadra. All'occorrenza avrebbe potuto usarlo a proprio vantaggio, se quella testa calda avesse cominciato a dare problemi. Quegli stupidi gli avevano appena servito uno dei loro punti deboli su un piatto d'argento. Gli venne quasi voglia di ringraziarli, ma prima che potesse dire alcunché, le porte si aprirono e due guardie entrarono trascinando uno dei suoi schiavi per il piccolo show che aveva programmato per gli ospiti. Aveva bisogno di studiare le reazioni di quei tre, per capire quanto si potesse fidare di loro e se sarebbero stati in grado di reggere la pressione di una guerra tra vampiri come quella che si combatteva da anni su Nocturnu.

Lo schiavo in questione era vestito solo di un lurido pantalone ridotto a poco più che un cencio. Era scalzo e veniva trascinato per le braccia da due potenti vampiri che vestivano l'uniforme nera delle guardie di palazzo, così che, non riuscendo a tenere il passo, si era lasciato cadere e non provava nemmeno più a camminare sulle proprie gambe. Le costole gli spuntavano dalla pelle, come se non avesse mangiato per troppo tempo. Per qualche strana ragione, gli occhi di Lux si soffermarono sulla giugulare, che pulsava al ritmo serrato del sangue di quell'uomo, spaventato dal trattamento subito e dalla vicinanza con il signore dei vampiri. Non era inusuale per lei notare certe cose, ma questa volta, guardando quella vena in cui il sangue pulsava in modo frenetico, come se volesse uscirne a tutti i costi, si ritrovò a chiedere a se stessa che sapore avesse e come sarebbe stato avere la bocca piena di quel nettare rosso. Terrorizzata da quei pensieri, distolse bruscamente gli occhi, nonostante le fosse costato un enorme sforzo. Notò allora che Sion la stava guardando con l'aria di chi la sapeva lunga. Restituendogli uno sguardo carico di disprezzo, Lux lo vide sorridere in un gesto di scherno prima di avvicinarsi allo schiavo.

Il pianeta Nocturnu era interamente popolato da vampiri. La luce del sole non brillava mai, impedendo così a qualunque forma di vita vegetale o animale di crescere sulla sua superficie. Il calore era fornito da fonti sotterranee, che non permettevano la formazione di ghiaccio e quindi il rapido raffreddamento di quel pianeta tanto inospitale per qualunque altra razza tranne la loro. I vampiri che lo abitavano erano però impossibilitati a bere sangue animale, facilmente deteriorabile se fosse stato importato dall'esterno ed avevano quindi trovato una scusa a loro dire plausibile per uccidere gli umani: la schiavitù legalizzata.

Enormi navi mercenarie battevano l'universo a caccia di umani da catturare, per poi rivenderli ai vampiri di Nocturnu come carne da macello. Nel corso dei secoli, le razzie attuate da parte di questi mercenari avevano raggiunto una tale violenza da scatenare persino l'indignazione del Governo Centrale, il quale si occupava in genere solo e unicamente di faccende che potevano avere un tornaconto utile ai suoi interessi. Le proteste contro questa forma di schiavitù, degenerata in una vera e propria caccia all'uomo, erano infatti state tali e tante che si stavano discutendo una serie di leggi intergalattiche per regolamentarla. Al momento, però, la schiavitù era ancora legale e quindi i ricchi e potenti vampiri di Nocturnu continuavano a fare incetta di schiavi, da usare nelle proprie dimore e poi dissanguare a proprio piacimento, durante banchetti che troppo spesso si trasformavano in veri e propri bagni di sangue.

Lo schiavo, osservando Sion, aveva cambiato espressione del viso. Se prima appariva terrorizzato e stanco, infatti, ora sembrava estatico e lo guardava come se fosse il suo unico, vero amore. Il cambiamento era stato così repentino da risultare grottesco e rappresentava un segno evidente del potere dell'antico vampiro, che aveva soggiogato la propria vittima in pochissimo tempo.

"Vieni qui... da bravo.." gli stava mormorando con la voce flautata che si potrebbe usare nel rivolgersi a un amante, mentre lo guardava divincolarsi dalle guardie e finalmente crollare al suolo, trascinandosi carponi fino a lui. Lo schiavo toccò gli stivali di Sion quasi con riverenza, alzando di nuovo gli occhi per guardarlo e sorridendo quasi con aria ebete, segno che la sua volontà era stata già spazzata via, schiacciata dagli enormi poteri del vampiro master.

Nemesis osservava la scena come se non vi fosse nulla di strano, mentre Nathaniel sembrava inorridito e aveva lasciato cadere la mano che stringeva la spalla della sorella come se dovesse combattere una sua battaglia interiore e non potesse occuparsi di lei.

Prima che Lux potesse dire alcunché per fermarlo, Sion afferrò lo schiavo per i capelli, sollevandolo da terra sino a portarlo a livello coi propri occhi. Con un gesto fluido e al tempo stesso mortale, gli tirò la testa indietro e affondò le zanne nella giugulare che tanto aveva attratto la ragazza poco prima.

A quella scena Lux rimase interdetta: aveva l'acquolina in bocca, ma nello stesso tempo si sentiva in colpa per quello che stava provando. Fino a quel momento la sete di sangue non si era mai manifestata in lei. Perché voleva saltar fuori proprio adesso?

Sion, come a interpretare i pensieri della ragazza, si staccò per un attimo dal collo della sua vittima, lasciando che il sangue gli imbrattasse le labbra e cominciasse a scendere in rivoletti scuri sulla pelle dell'uomo. I suoi occhi trovarono quelli di Lux e li catturarono di nuovo. Il sangue stavolta sembrò amplificare le sensazioni provate poco prima dai due, unendoli in modo più intenso. Sion riprese a bere, tremando per la sensazione quasi fisica che aveva di Lux, del suo sapore e del suo odore. Continuava a guardarla negli occhi, mentre trangugiava avidamente il sangue della propria vittima. Era come se stessero dividendo il pasto, ma in un modo più intimo e come non gli era mai capitato prima.

Lux, d'altro canto, poteva sentire il sapore metallico del sangue nella propria bocca e giù per la gola. Sapeva che non stava davvero bevendo dal collo di quel povero schiavo, ma il suo corpo ne sembrava convinto, facendole capire che stava condividendo le sensazioni provate da Sion mentre straziava la sua vittima. Stranamente però, invece di esserne solo inorridita, Lux si sentiva anche attratta da quel lato oscuro di sé che tanto a lungo aveva negato. Aveva sete, tanta sete, ma i piedi sembravano essere incollati al pavimento dall'altra metà di se stessa, che provava vergogna e ribrezzo nei confronti di quelle pulsioni che non le appartenevano. Dentro di sé sentiva montare una tensione che prima aveva conosciuto solo dal punto di vista sessuale e non riusciva a staccare gli occhi da quelli dell'affascinante vampiro, la cui camicia era ora quasi interamente imbrattata di sangue. La visione le sembrava stranamente erotica e allo stesso tempo disgustosa.

La tensione continuò a montare dentro di lei fino a quando Sion si staccò dallo schiavo, lasciandolo cadere al suolo, ormai esangue e senza vita e poi buttando la testa al cielo per lasciarsi andare a una sguaiata risata. Il respiro, che non sapeva di stare trattenendo, allora uscì quasi strozzato dalle sue labbra e Lux riuscì finalmente a distogliere lo sguardo. Chiuse gli occhi per un lungo momento, desiderando ardentemente di essere ovunque, tranne che su quel pianeta popolato da vampiri sanguinari. I sensi di colpa la stavano divorando e ora più che mai si sentiva un mostro senza alcuna speranza di redimersi. La mano di Nathaniel le si poggiò sulla parte inferiore della schiena, carezzandola con gentilezza. Lux però si scostò, riaprendo gli occhi e fissandoli dritti davanti a sé, senza però guardare nessuno in particolare: aveva bisogno di stare sola.

Seduto comodamente in poltrona, dov'era tornato quando aveva capito di non essere l'attrazione principale della serata, Nemesis aveva invece osservato la scena con sguardo impenetrabile. Non sembrava disturbato quanto gli altri da quello che Sion aveva fatto, forse perché l'aveva riconosciuto per quello che era: una porcata inscenata apposta per turbarli. Però se lo credeva così debole quel vampiro da quattro soldi si sbagliava. *Lui* non si sarebbe lasciato impressionare tanto facilmente.

CAPITOLO 3

Deboli raggi di luce lunare filtravano attraverso le diafane tende che
erano state malamente tirate in fretta e furia, solo qualche ora prima.
Nella stanza nulla si muoveva, se non qualche granello di polvere che
fluttuava pigramente nell'aria, trafitto di quando in quando dalla luce,
prima di tornare a rifugiarsi nell'oscurità.

Il grosso letto a baldacchino, situato al centro della parete a ridosso
della quale era stato sistemato, appariva sinistro nella penombra. Il
rosso del velluto che lo ricopriva era stato trasformato dal buio in modo
da sembrare impregnato di sangue. La pesante coperta di pelliccia - che
alcuni schiavi avevano sistemato sul materasso per tenere calda l'ospite
del loro padrone - si trovava ora al suolo, abbandonata e maltrattata,
calciata via malamente nel corso di qualche sogno non proprio
piacevole.

L'ospite in questione sembrava ora pacificamente addormentata.
Lunghi ciuffi di capelli corvini erano sparsi sulle candide lenzuola di
seta, quasi disposti come tentacoli intorno alla sua testa. Una delle sue
pallide mani stringeva il cuscino, quasi in modo possessivo, mentre
l'altra era morbidamente poggiata sul suo stomaco. Sembrava che si
fosse mossa pochissimo, o forse non lo aveva fatto per niente, da
quando era finalmente scivolata in un sonno profondo, dove nemmeno
gli incubi potevano raggiungerla.

Le labbra carnose della donna, di solito piegate in un mezzo broncio per
il quale alcuni uomini avrebbero fatto follie, ad un tratto tremarono,
prima di ridursi a una fessura sottile. Il volto, così aggraziato e

femminile fino a pochi istanti prima, si tese al punto che, nella penombra, Lux sembrò invecchiata di colpo. Un suono simile a un lamento sfuggì poi dalle sue labbra e la mano strinse convulsamente il cuscino, quasi avesse bisogno di aggrapparsi a qualcosa di reale. Qualcosa l'aveva turbata e questa volta, a giudicare dalle sue reazioni, era decisamente più spaventoso di un semplice incubo.

La consapevolezza di essere stata presa in ostaggio da quel potere tanto scomodo, quanto indesiderato, la sopraffece nel momento in cui Lux realizzò di stare vivendo una delle sue visioni. La colpivano senza preavviso, insinuando nella sua mente il dubbio che, se avessero deciso di assalirla durante un combattimento, avrebbe dovuto affidare la propria vita ai compagni. Si fidava? No. Aveva scelta? Di nuovo, la risposta non poteva che essere negativa.

Il suo corpo perdeva rapidamente energia, mentre la sua mente viaggiava lontano, proiettando la sua immagine incorporea, invisibile agli altri, in altri mondi o in spazi temporali diversi. Le visioni potevano mostrare eventi chiari come il sole oppure criptici e da decifrare. Lux pensava che fosse un potere inutile, perché non poteva essere convogliato verso un evento in particolare, ma non aveva modo di sbarazzarsene. Gli scienziati che avevano operato il cambiamento su di lei non potevano o non volevano dirle se fosse una reazione normale alle modifiche apportate al DNA. Ogni volta che li aveva interrogati in proposito, si erano tenuti sul vago, forse temendo la sua reazione. E avevano ogni motivo di essere spaventati da lei: il giorno in cui avrebbe trovato il bastardo che aveva autorizzato l'operazione, Lux gli avrebbe fatto patire le pene dell'inferno. Lo sognava da tempo ormai, rabbrividendo di un piacere perverso e finalmente lasciando libera la parte oscura della sua personalità, quella della quale aveva iniziato ad aver paura. Si sarebbe presa la sua vendetta, un giorno. E poi avrebbero dovuto trovare il modo per farla tornare normale, o almeno per limitare quegli effetti collaterali. Un sogno utopico, che però non mancava di incurvare le sue labbra in un sorriso sadico ogni volta che ci pensava.

"Quanto gli entrerà in tasca?"

"Credo che lo faccia per una specie di vendetta personale" scrollò le spalle l'uomo grasso, guardando il compagno con una smorfia ironica dipinta sul volto, prima di riportare l'attenzione sulle laute pietanze disposte su di un tavolo elegantemente disposto per quella informale riunione di consiglio, alla quale nessuno dei consiglieri sembrava troppo interessato.

"Nessuno fa niente per niente, andiamo!" sbottò il consigliere più vecchio, scuotendo la testa con disapprovazione. *"Dev'esserci qualcosa. Se questo Ross insiste così tanto nel voler togliere di mezzo uno dei migliori assassini che abbiamo mai avuto nella task force N. 3".*

L'altro a quel punto scrollò le spalle, a corto di parole. Per lui non aveva senso, ma non gl'importava più di tanto. Se Ross odiava Nemesis, erano affari loro, non suoi. Tutto quello che voleva era la sua fetta di denaro e i privilegi dei quali godevano i membri del consiglio, niente di più.

"Il problema è che Nemesis non è solo un assassino" intervenne allora un uomo alto e dalla pelle scura. *Si era tenuto in disparte fino a quel momento, osservando gli altri commensali senza parlare, per cercare di capire dove volessero andare a parare coi loro discorsi quasi sempre futili e dalla scarsa utilità.* *"L'abbiamo scelto tutti insieme, votando la sua cattura all'unanimità.* *Credevamo tutti che fosse solo una macchina da guerra, uno di quei bestioni senza cervello che manipolati nel modo giusto si trasformano in docili cani da guardia fedeli al proprio padrone".*

Si fermò un attimo a quel punto, osservando uno per uno gli astanti, come a sfidarli a dire il contrario. Nessuno osò fiatare e, soddisfatto del risultato, l'uomo proseguì.

"Ebbene, ci ha presi in giro, signori. Nemesis è molto di più. Quel figlio di puttana è scaltro e letale. Secondo Ross ha provocato la morte di tutti i membri della sua squadra di mercenari soltanto per salvarsi il culo".

"Darren dice che non ci sono prove a supporto" lo interruppe il consigliere anziano, *che aveva nel frattempo scostato il proprio piatto ancora pieno e incrociato le braccia sul petto per ascoltare, disinteressandosi quasi immediatamente al cibo. Non era per quello che si erano riuniti in gran segreto. Il grassoccio consigliere seduto accanto a lui invece stava approfittando della tregua per addentare una succulenta coscia di pollo aromatizzata e grondante grasso. Gli altri fingevano tutti di essere indaffarati a mangiare, soltanto per non essere coinvolti in quella conversazione pericolosa e non doversi schierare apertamente.*

"E non fa che lamentarsi di Ross, lo sai benissimo. Non possiamo ignorarlo in eterno".

"Nemmeno a me Ross è particolarmente simpatico, ma non posso lasciare che un assassino si aggiri indisturbato per la galassia e che magari uccida e saccheggi con il benestare del Governo Centrale!" rispose l'altro con fervore, battendo un pugno sul tavolo, facendo così sobbalzare molti degli astanti.

"Non so tu, ma io non voglio macchiare la mia reputazione soltanto per aver preso una decisione sbagliata".

"Ci tengo anch'io alla mia reputazione, Tyron, ma non voglio che un innocente venga assassinato a sangue freddo, visto e considerato il fatto che ci è ancora così dannatamente utile".

"Condannarlo a morte non sarebbe un assassinio a sangue freddo" lo corresse il nero, sollevando un sopracciglio in modo eloquente e socchiudendo gli occhi come farebbe un gatto in procinto di balzare sulla propria preda.

"Nessuno avrebbe da obiettare se le prove di Ross fossero davvero inconfutabili come afferma lui. Sarebbe solo la giusta punizione nei confronti di Nemesis per le violenze e i furti perpetrati nei confronti di prostitute, assassini e mercenari. Persino Darren dovrebbe ammettere di essersi sbagliato, abbassando la cresta. Ne ricaveremmo molti consensi e la gente lo prenderebbe come un segnale di rettitudine e onestà del Consiglio, che non esiterebbe a condannare uno dei suoi uomini più fidati, perché la legge è uguale per tutti, no?".

"Darren passa intere giornate a supervisionare la squadra N. 3, credi davvero che non si sarebbe accorto di avere tra le mani un assassino?"

gli chiese questa volta il consigliere anziano, un mezzo sorriso sarcastico sulle labbra. Da tempo sospettava che i propositi di Tyron non fossero poi così immacolati come voleva far credere, ma non aveva prove per poterlo accusare apertamente.

"Darren ha messo insieme una squadra di delinquenti, ecco cos'ha fatto!" tuonò Tyron a quel punto, facendo sobbalzare la quasi totalità dei presenti. "Un assassino, un selvaggio e un ex supervisore caduto in disgrazia perché non ha potuto fare a meno di sollevare la gonna a un suo sottoposto, favorendo apertamente corruzione e compravendita di documenti che dovevano rimanere segreti!"

Un momento dopo, però, resosi conto di aver esagerato, il consigliere prese un profondo respiro e sorrise con fare benevolo.

"Credo solo che Darren sia troppo vecchio per fare questo lavoro. Dovrebbe ritirarsi. Si è ammorbidito troppo e noi abbiamo bisogno di un uomo forte e che sappia farsi rispettare", cercò di mediare Tyron, abbassando i toni in un tentativo poco convinto di far cambiare idea a uno dei consiglieri più anziani e rispettati.

"Risolveremo la faccenda quando saranno tornati dalla missione. Se per allora Ross non avrà le prove delle quali ci ha assicurato l'esistenza prenderemo provvedimenti nei suoi confronti e lasceremo cadere ogni accusa contro Nemesis. Ti chiedo di essere ragionevole, non mi pare poi che sia una richiesta così inopportuna".

Il consigliere anziano lo osservò per qualche momento. Dentro di sé sapeva fin troppo bene che Tyron poteva essere una serpe se voleva e non riusciva a fidarsi di lui fino in fondo. Eppure facevano entrambi parte del consiglio che costituiva il Governo Centrale ed aveva l'obbligo morale di cercare di mediare. Questo significava che avrebbe dovuto tenere in considerazione tutte le prove e tutti gli eventuali testimoni. Attendere ancora un po' non avrebbe fatto male a nessuno, tanto più che Nemesis non poteva rientrare per il processo, visto che la sua presenza nella missione in corso era di vitale importanza.

"D'accordo, d'accordo" si arrese allora, sospirando. "Ma ho dei dubbi anche su quest'ultima missione, lo sai bene. Chi ci assicura che Sion non si riveli una minaccia anche peggiore di quel Thor? Entrambi sono potenti vampiri che dispongono delle forze necessarie per tentare un attacco al Governo Centrale. Non mi fiderei troppo di nessuno dei due".

Tyron si carezzò la folta barbetta nera che gli scendeva dal mento con dita lunghe e sottili, come se stesse ponderando bene le parole da usare per rispondere al collega. In realtà lui stesso non si fidava dei vampiri, così come dubitava segretamente di tutti gli esseri potenzialmente pericolosi per la sua posizione: e se avessero cominciato a ribellarsi in ogni parte della galassia, coalizzandosi contro il Governo Centrale? Si erano organizzati per prevenire una tale minaccia ormai da molto tempo, eppure non volevano correre alcun rischio. Anche lui aveva il dovere di credere nell'elemento chiave per poter tenere Sion sotto controllo. Doveva funzionare, o ci avrebbero rimesso tutti.

"Dimentichi che abbiamo un asso nella manica del quale lui non è a conoscenza" gli disse infine, distendendo le labbra in un sorriso che non prometteva niente di buono.

"Noi possiamo controllarlo a nostro piacimento, tutti i dati iniziali ce lo confermano. Potrebbe volerci un po' di tempo, ma sarà in mano

nostra e a quel punto sai bene quanto me che il Governo Centrale acquisirebbe nuovi poteri e una nuova stabilità. Dobbiamo avere solo un po' di fede e tanta pazienza".

******

Gli occhi che fino a quel momento erano serrati si aprirono di scatto. Lux fu scaraventata fuori dalla visione con una tale violenza che la lasciò disorientata per un attimo. Dove si trovava? La stanza riccamente decorata che profumava di cibo costoso e di tabacco era scomparsa, così come i consiglieri del Governo Centrale, spiati senza saperlo dalla mente di Lux.

Man mano che le immagini della visione svanivano, la donna iniziò a ricordare. L'arrivo a Nocturnu, l'attacco all'hangar, l'incontro con Sion e il suo disgustoso banchetto alle spese di quel pover'uomo... si, ora ricordava.

Durante la visione, come spesso le capitava, si era agitata sul letto, scalciando via le lenzuola e i cuscini. In passato era riuscita a cacciar via persin il malcapitato compagno di turno, senza né accorgersene né risvegliarsi dalla trance.

La sua pelle appariva ora anche più pallida del solito, quasi trasparente, a rivelare gli intricati nodi di vene e capillari carichi del suo sangue che scorreva lento e che a causa dei bruschi cambiamenti nel suo corpo era diventato più denso del normale sangue umano. Gli occhi erano spiritati e circondati da aloni neri che avevano l'aspetto di brutti lividi. Non restava quasi niente della bellezza che la caratterizzava, come sempre capitava quando le visioni catturavano la sua mente. Lux perdeva energia vitale e sembrava invecchiare di colpo. Grazie però al potenziamento del suo DNA, operato dagli scienziati nei laboratori del Governo Centrale, il suo corpo era in grado di rigenerarsi a una velocità che non sarebbe mai stata possibile a un semplice umano. Quella straordinaria capacità non solo le permetteva di guarire molto più in fretta da ferite altrimenti mortali, ma anche di riprendersi da quelle crisi così forti in modo che il suo corpo tornava ad essere quello di sempre nel giro di poco tempo. Le forze sarebbero ritornate solo dopo un bel sonno ristoratore, ma anche per quello in genere doveva affidarsi ai propri compagni di squadra: difficilmente sarebbe stata in grado di risvegliarsi mentre in suo corpo recuperava le energie necessarie per tornare a funzionare in modo normale.

Man mano che il suo cervello ricominciava a funzionare in modo frenetico, un'unica cosa sembrava avere la priorità su tutto il resto: doveva avvisare gli altri. Avevano già tutti sentore del fatto che Ross stesse tramando qualcosa alle loro spalle e non era un segreto che tra lui e Nemesis ci fosse sempre stato dell'astio, alimentato a quanto pareva dalla buona riuscita delle missioni alle quali partecipava il gigante. Nessuno di loro aveva però mai creduto che il loro capo, quello che in definitiva avrebbe dovuto tirarli fuori dai guai in caso qualcosa fosse andato storto, stava cercando di farlo uccidere. Sarebbe stata una follia, in primo luogo perché per addestrare ed inserire un altro al suo posto ci sarebbe voluto un bel po' di tempo, e poi perché lo stesso Nemesis era stato lodato più volte dai consiglieri per i successi riportati sul campo.

Certo, non essendo avvezzo a certi formalismi e covando da sempre un certo astio verso qualunque forma di autorità, non sempre il gigante si era mostrato entusiasta. Però questo non era un motivo valido per sbarazzarsi di lui.

Sospirando profondamente, Lux si chiese per un attimo se lei stessa si fidasse di Nemesis. Spesso si era trovata a domandarsi se le voci che correvano sul suo conto fossero vere, ma non aveva mai colto il collega in fallo, neppure quando, per un breve periodo di tempo, aveva preso a seguirlo e spiarlo anche nei periodi di pausa tra una missione e l'altra. Nemesis aveva mostrato una certa tendenza agli eccessi, soprattutto in fatto di donne, però Lux aveva bollato quei comportamenti come tipicamente maschili e quindi non si era preoccupata più di tanto. Le stesse ragazze sembravano addirittura contente e nessuna di loro le era mai parsa vittima di uno stupro o di un furto operato dal gigante. Vista la sua stazza e la sua potenza, Lux aveva pensato che i segni di una tale violenza sarebbero stati visibili a lungo sull'eventuale vittima, per cui quell'accusa non poteva che essere falsa.

Tornando alla questione principale, Lux decise che non si fidava del bestione, ma che gli avrebbe concesso il beneficio del dubbio in ogni caso. A parte l'accenno a una possibile fuga cruenta che aveva gettato là, quasi per caso, qualche giorno prima, Nemesis non aveva mai rappresentato una vera e propria minaccia per lei o per suo fratello Nathaniel. Dubitava ancora di lui, ma del resto le risultava difficile fidarsi di chiunque, escluso il fratello acquisito durante il duro periodo di addestramento al quale il Governo Centrale li aveva sottoposti, quindi non poteva ancora prendere una decisione in merito. Quel che era certo, era il fatto che Nemesis avrebbe potuto ucciderli innumerevoli volte durante le missioni alle quali avevano partecipato tutti insieme, ma non l'aveva mai fatto e, sebbene a volte con riluttanza, in caso di pericolo si era sempre assicurato che tornassero tutti a casa sani e salvi.

Era abbastanza perché quei consiglieri corrotti lo condannassero a morte? No. Qualcosa dentro di sé le diceva che Ross non aveva nessuna prova contro il gigante.

Quando però la sua mente ricordò l'accenno dei consiglieri al suo passato, Lux sussultò, vergognandosi di quei dubbi che l'attanagliavano: chi era lei per esprimere giudizi sul gigante? Aveva perso il ruolo di supervisore anni prima, decidendo di rimanere in servizio soltanto per non dare soddisfazione ai suoi detrattori che avrebbero goduto nel vederla scappar via in lacrime. Si era lasciata incastrare da uno dei suoi sottoposti, convincendosi di amarlo, quando in realtà ciò che provava era pura attrazione fisica. Il bastardo nel frattempo, approfittando del fatto che lei pensava a tutt'altro, trafugava documenti riservati e informazioni da rivendere sul mercato nero alle spalle del Governo Centrale. Quando era stato scoperto aveva cercato di nascondersi dietro la figura del supervisore, ma grazie a un visore che leggeva la mente, gli incaricati della commissione avevano scoperto che lei era all'oscuro di tutto. A lui era toccato il carcere a vita quindi, e a lei un posto come soldato semplice invece del licenziamento, sapendo che nessuno le avrebbe più permesso di dimenticare quello che era successo.

"Maledizione" sussurrò a se stessa Lux a quel punto. Non c'era tempo da perdere, doveva svegliare gli altri e studiare insieme a loro un piano per difendere Nemesis dalle accuse contro di lui. Almeno Darren, il supervisore della squadra, che dipendeva direttamente dal consiglio generale, sembrava essere dalla loro parte. Per questo motivo le era persino parso che si fosse guadagnato la disapprovazione di Tyron, uno dei consiglieri più ambigui, quanto a posizioni politiche. La task-force N. 3 non sembrava godere di simpatie influenti. Restava quindi da capire a chi avrebbe dato ascolto il consiglio in caso di contrasto tra Darren e Ross. Lux pensava che avrebbero potuto chiedere aiuto al supervisore, ma non era certa che confessargli di aver spiato una riunione segreta del Consiglio attraverso una visione fosse una buona idea. Se si fosse rivelato più leale del previsto al Consiglio avrebbe corso il rischio di essere abbattuta come un animale al macello, perché i consiglieri avrebbero visto la sua presenza come una minaccia al loro potere, senza sapere che lei stessa non riusciva a gestire quella capacità.

A quel punto, presa dalla frenesia della visione e attanagliata dai dubbi, Lux balzò dal letto per correre dagli altri. Il suo corpo però non era ancora riuscito a recuperare le forze necessarie nemmeno per reggersi in piedi e quindi la donna crollò non appena perso l'appoggio del letto.

"*Stupida...stupida...stupida*" pensò, mentre gli occhi le si chiudevano lentamente per il sonno ristoratore di cui il suo corpo aveva disperatamente bisogno. Avrebbe dovuto ricordarsi di chiamare gli altri senza muoversi dal letto, ma ancora una volta se n'era dimenticata. Maledette visioni. E maledetto chiunque avesse approvato quella dannata operazione.

CAPITOLO 4

Non aver paura... non sei sola

Sembrava così dura all'apparenza, ma lui sapeva, in qualche modo, che quella durezza non copriva altro se non una fragilità della quale lei stessa non voleva ammettere l'esistenza. Da quando era arrivata a Nocturnu, la sua mente non aveva fatto altro che tentare di connettersi a quella di questa sconosciuta. Sapeva quindi cose che nemmeno lei forse voleva ammettere a se stessa. Tutto il dolore che aveva dovuto sopportare, la paura che tentava di seppellire in un posto buio e profondo del suo cuore, il desiderio mai espresso di trovare qualcuno che finalmente riuscisse a salvarla da se stessa. Oh, sì, aveva imparato a nascondere bene quello che provava, proteggendosi con quella maschera impenetrabile da donna fredda e impassibile, convinta che nessuno mai sarebbe riuscito a vedere oltre le apparenze.

La donna che aveva in grembo non sembrava la stessa che lo aveva affrontato con piglio duro solo qualche ora prima, nel corso di una delle discussioni animate dei quali erano stati protagonisti. Le sue dita lunghe e affusolate le scostarono dal viso un ciuffo ribelle di capelli per poterla guardare meglio e così Sion ebbe modo di osservarla davvero per la prima volta. I suoi lineamenti erano finalmente distesi, quasi che solo durante il sonno potesse rilassarsi e lasciarsi andare. Le labbra, piene e rosate, erano appena dischiuse e terribilmente invitanti, al punto che per non avvicinarsi più di tanto dovette distogliere lo sguardo per un attimo. Gli occhi allora caddero sulle lunghe gambe nude e poi sul corpo fasciato da una sottoveste di seta nera che a malapena arrivava a coprirle le zone intime. Le labbra allora gli si piegarono in un sorriso sornione: no, Lux nascondeva decisamente molto di più dietro quella maschera. Una donna dalla femminilità così prorompente, che metteva in mostra il proprio corpo probabilmente solo quando era sola e che nascondeva indumenti così femminili, non poteva certamente essere poi così dura. Probabilmente voleva essere accettata dal suo Governo come se fosse un uomo e non una bambola di carne e per questo motivo castigava la propria femminilità dietro lineamenti duri e modi da maschiaccio. Quasi sicuramente, in realtà, non aveva neppure intuito il fatto che proprio l'uniforme che indossava la rendeva più attraente, fasciandola in un completo nero che aderiva al suo corpo come una seconda pelle. Decisamente una vista alla quale avrebbe potuto abituarsi facilmente.

Il respiro era lento e regolare. La pelle era ancora pallida ma almeno non sudava più tanto quanto prima, segno che, anche se lentamente, si stava riprendendo. Inerme e indifesa com'era in quel momento, Lux avrebbe potuto rappresentare la preda ideale per Sion. Sarebbe bastato poco, avrebbe solo dovuto abbassare la guardia, lasciando uscire una piccolissima parte del proprio potere, così da farlo entrare in contatto con quello di lei e il gioco sarebbe stato fatto. Senza il rigido autocontrollo che si imponeva, Lux pareva essere una donna normalissima, così come normali erano le pulsioni quasi sessuali che entrambi avevano provato quando si erano visti per la prima volta. Solo che lui le aveva accettate ben volentieri, mentre lei ne era rimasta sconvolta, rifuggendole come se si trattasse di una cosa negativa. Come avrebbe reagito, ora, se avesse usato il proprio potere su di lei? Sarebbe diventata sua schiava, così come tante donne prima di lei? Sì, probabilmente sì. I suoi poteri seduttivi erano infallibili e gli avevano fornito più di un pasto prima di allora. Una volta in balia di essi, Lux lo avrebbe implorato di farla sua e di prendere il suo sangue. Non c'era via di scampo, o almeno non c'era mai stata per le donne che aveva sedotto in passato.

Una piccola parte di sé avrebbe voluto tentare, soltanto per vedere quale sarebbe stato l'esito di quel piccolo esperimento. E perché, inutile negarlo, si sentiva attratto da lei e avrebbe voluto approfittarne. La ragione invece gli diceva di essere cauto: già una volta si era fatto cogliere alla sprovvista dalla reazione inconsueta dei loro poteri. Cosa sarebbe accaduto se questa volta fosse stato catturato anche lui da quell'incantesimo tanto potente? Non voleva essere schiavo d'amore, lui. Preferiva tenere tutto sotto controllo, ma senza lasciarsi prendere dai sentimenti, per poter essere sempre obiettivo e letale. Durante la sua lunghissima vita non una volta i suoi poteri avevano reagito in modo così strano e violento come quando aveva incontrato Lux e, ora, non aveva l'assoluta certezza di quello che sarebbe potuto succedere se li avesse liberati di nuovo. Meglio non rischiare. Decisamente meglio.

******

Freddo. Era poggiata contro qualcosa di freddo e duro come il marmo. Lentamente, un flusso di ricordi iniziò a invaderle la mente. L'ultima cosa che riusciva a ricordare, prima che tutto diventasse nero, era che aveva tentato di avvisare gli altri, ma poi le forze l'avevano abbandonata ed era crollata al suolo come un sacco di patate. Eppure il pavimento era ricoperto da un soffice tappeto… l'avevano spostata? Non si trattava della stessa freddezza e della consistenza metallica di un tavolo da sala operatoria, quello no. Però non si muoveva e sembrava trasmettere un freddo che la gelava dall'interno.

Un gemito le sfuggì dalle labbra quando si costrinse ad aprire gli occhi. Li strinse per un attimo, abbagliata dalla luce lunare che filtrava dalla finestra e poi s'irrigidì immediatamente quando capì dove si trovava.

Sion era comodamente seduto sul largo davanzale della finestra della sua camera e la teneva tra le braccia come avrebbe potuto fare un amante, stringendola al suo petto freddo dove il cuore ormai non batteva più e guardando fuori dalla finestra. Lux era certa che lui sapesse che si fosse svegliata, ma non si voltò lo stesso, dandole il tempo di riprendersi dalla sorpresa. Per un attimo apprezzò il suo gesto, poi s'irrigidì di nuovo. Detestava essere toccata. Nathaniel era l'unico che poteva avvicinarsi così tanto a lei quando era cosciente e l'unico al quale era permesso prendersi la libertà di abbracciarla o stringerla a quel modo. Le poche volte che si era concessa qualche notte di piacere con uno sconosciuto incontrato per caso in qualche bar, Lux aveva bevuto per stordire la propria mente ed essere così capace di abbassare le difese. Una parte di sé, infatti, bramava il contatto fisico e quel piacere che per troppo tempo si era negata. L'altra invece, quella che lei tentava di zittire persino in quel momento, la metteva in guardia e le diceva che lasciarsi toccare significava abbassare le difese e quindi rendersi vulnerabile. Gli uomini, i vampiri, tutti volevano qualcosa da lei, il loro contatto non era mai genuino, bisognava sempre stare all'erta. Sempre.

L'ultima volta che si era fidata di un uomo le era andata male. Malissimo, se si considerava il fatto che le era costato la sua carriera, che all'epoca dei fatti era la cosa più importante della sua vita. Nigel era un suo sottoposto, membro della task-force che lei doveva supervisionare. Lux ormai non ricordava nemmeno più com'era cominciata, ma un giorno erano finiti a letto insieme e da allora, per il periodo trascorso insieme, raramente ne erano usciti se non per portare a termine le missioni assegnate loro.

Nigel era alto, molto più di lei, e aveva la pelle chiara, quasi bianca. Lunghi capelli neri gli incorniciavano il volto e gli occhi, che rappresentavano il pericolo maggiore per una donna: bastava guardarli per innamorarsi di lui. Mille parole non sarebbero bastate a descrivere la loro forza. Vivi. Erano vivi e brillavano come stelle. Sembrava un vampiro, ma non lo era. Nigel era stato raccattato dalla squadra di reclutatori su un pianeta ai confini della galassia. Aveva appena perso suo fratello, non aveva più una famiglia ed era distrutto. Rappresentava quindi il soldato perfetto per il Governo Centrale: nessuno avrebbe pianto la sua morte e lui sembrava debole abbastanza per poter essere plasmato a loro piacimento. Ma Nigel era debole solo in apparenza. Aveva ingannato tutti, lei compresa, vendendo informazioni riservate al mercato nero. Dividevano il letto ma, al contrario di quanto avesse pensato lei, niente di più. Lux era stata usata come specchietto per le allodole, in quanto Nigel pensava di potersi sentire al sicuro se fosse apparso pulito al suo supervisore. Poi una mattina, una squadra aveva buttato giù la porta del piccolissimo appartamento assegnato a Lux nella base centrale. Cercavano lui, ma accusarono anche lei di favoreggiamento. A Nigel quello scherzetto costò una vita di lavori forzati, a lei il grado di supervisore e un cuore infranto. No, decisamente fidarsi di qualcun altro era fuori questione.

Nonostante fosse notte fonda, il cielo di Nocturnu era illuminato come se risplendesse di un sole proprio. Innumerevoli navette lasciavano il pianeta, mentre altre atterravano lentamente ed altre ancora sembravano pattugliare la zona, muovendosi piano e spedendo potenti fasci di luce al suolo. Le stelle erano perfettamente visibili, su nell'oscurità che avvolgeva il pianeta, nonostante tutte quelle luci di palazzi e navette che creavano quasi una nube lattiginosa che avvolgeva tutto il centro abitato. Sion sembrava assorto in contemplazione, il pallore della sua pelle era reso ancora più spettrale proprio dal luccichio delle luci e dalla vestaglia nera che indossava. Aveva legato i lunghi capelli biondi in una coda di cavallo che ricadeva morbidamente sulla schiena, lasciandogli scoperto un viso di una bellezza decisamente fuori dal comune. Come tutti i vampiri, non respirava ed era freddo, come se fosse morto. L'unico segno del fatto che non aveva ancora finito di digerire il sangue bevuto ore prima era che le mani erano ancora tiepide, invece che fredde come il resto del suo corpo. La teneva poggiata al suo petto, le braccia intorno a quel corpo così minuto, eppure flessuoso e forte come un arco da guerra dei tempi antichi. Una delle sue mani accarezzava, apparentemente senza malizia, la pelle calda della gamba di lei, come se godesse nel solo poter toccare quel calore che l'avvolgeva e che lui riusciva ad ottenere soltanto togliendo la vita a qualcun altro per potersi cibare del loro sangue. L'altra, invece, le teneva un braccio con gentilezza, ma in modo fermo, così che non si potesse muovere.

Da quando aveva aperto gli occhi non l'aveva mai guardata, neanche una volta. Incapace di sopportare quel silenzio così opprimente, Lux, che dopo una breve lotta interiore si era costretta a poggiare la testa contro il suo petto e che a sua volta stava osservando lo spettacolo offerto dal cielo di Nocturnu, si decise a fargli la domanda che l'aveva assillata da quando si era svegliata.

"Come hai fatto a sapere che avevo bisogno di aiuto?"

"Mi hai chiamato tu" rispose lui, finalmente abbassando gli occhi a guardarla e notando la confusione generata dalle sue parole. Le sue labbra si curvarono in un sorriso divertito allora, e tornando a guardare fuori si spiegò meglio. "Telepaticamente, intendo. Hai lanciato un grido d'aiuto diretto a me, solo che quando sono arrivato qui ti ho trovata già incosciente e a terra".

"Diretto a te?" ripeté Lux, sentendosi stupida nel ripetere le sue parole ma provando ancora più confusione di prima. Perché mai avrebbe dovuto chiamare Sion e non Nathaniel? E, cosa più importante di tutte, poteva fidarsi di quello che diceva o era solo uno dei suoi trucchi per ottenere qualcosa da lei? Certo, i loro poteri avevano reagito in modo quasi violento quando erano entrati in contatto, ma potevano davvero essere talmente indipendenti dalla loro volontà da chiamarsi a vicenda in caso di pericolo? La prospettiva di passargli inconsciamente informazioni che avrebbe preferito tenere per sé era tutt'altro che allettante, ma Lux non fiatò.

"Sì, esatto" annuì Sion, poggiando la testa contro il vetro e seguendo con gli occhi una grossa nave da carico, quasi sicuramente piena di schiavi. "Sapevo che questo tipo di visioni possono prosciugare le energie del corpo che le incanala, così ho semplicemente aspettato che ti riprendessi abbastanza da aprire gli occhi".

Il cambiamento che avvenne allora sul volto di Lux fu tanto subitaneo quanto evidente. Sembrò quasi che si chiudesse a riccio, irrigidendosi di nuovo e alzando la testa a guardarlo, come se volesse essere certa di aver capito bene. Preoccupata però che un semplice sguardo potesse attivare di nuovo il potere che aveva faticato tanto per tenere a bada, peraltro in una posizione alquanto imbarazzante che li avrebbe portati a fare cose delle quali si sarebbero pentiti una volta riacquistata la ragione, non lo fissò dritto negli occhi ma in un punto imprecisato del volto. Non era affatto facile fare la dura a quel modo. Si sentiva ridicola, ma non voleva correre nessun rischio. Quel vampiro sapeva cose di lei che i suoi compagni della task-force a malapena capivano e ne parlava con una sicurezza tale da farle pensare che in realtà ne conoscesse molte altre. Già, ma come faceva? Chi lo aveva informato? Probabilmente il Governo Centrale gli aveva passato i files su di lei, se lo aspettava, ma i rapporti sui cambiamenti nel suo corpo e sulle visioni erano in possesso solo del team di scienziati che la studiava come se fosse una cavia da laboratorio.

"Come fai a saperlo?" gli chiese allora, cercando invano di dissimulare la durezza nella propria voce.

"È davvero così importante?" fu la domanda, quasi bisbigliata, che le rigirò lui. Rischiando il tutto per tutto, Sion allora la guardò dritto negli occhi, stringendo a sé gli scudi metafisici che aveva innalzato per tenere il proprio potere a bada in sua presenza. Furono proprio quegli occhi, così luminosi e vivi, che lo lasciarono senza fiato per un momento. Il potere quella volta non c'entrava, era quella donna a farlo sentire così, nulla di più. Mai prima di allora gli era capitato di reagire a quel modo istintivo nei confronti di una di loro, che per di più lo detestava e non si preoccupava neanche di nasconderlo. Lux era bellissima, certo, però nel corso della sua lunga vita aveva avuto donne al cui confronto sarebbe impallidita. E allora perché reagiva così? Perché proprio verso quella donna, mezza umana e mezza vampira, che avrebbe potuto schiacciare solo col pensiero? Non se lo sapeva spiegare, ma quando tornò a guardarla, si rese conto che, durante il suo breve turbamento, lei non aveva aperto bocca. Avrebbe potuto approfittarne per chiedergli ancora come avesse fatto a scoprire delle sue visioni, come facesse a sapere tutte quelle cose su di lei, ma non l'aveva fatto.

Lux si era resa conto della reazione di Sion al solo guardarla e aveva sollevato un sopracciglio con sorpresa, chiedendosi cosa diamine gli fosse preso. Che fosse un altro dei suoi giochetti? Il vampiro sembrava colpito da qualcosa, eppure lei non sapeva spiegarsi cos'avesse visto di tanto speciale. Poi, lentamente, un dubbio s'insinuò nella sua mente: e se le stesse leggendo nel pensiero? Si sarebbero spiegate così certamente tutte le informazioni che aveva sul suo conto e il fatto che era corso ad aiutarla, anche se lei non ricordava di aver lanciato nessun appello telepatico, men che meno a lui.

Quel vampiro era spietato, duro e crudele, anche se tra la sua gente godeva di un enorme rispetto. Mentre era incosciente avrebbe potuto fare di lei ciò che voleva, eppure si era limitato a tenerla tra le braccia come se si trattasse di una preziosa bambola di porcellana, reliquia dei tempi andati. Perché non aveva approfittato di quei momenti di vulnerabilità?

La confusione l'attanagliava, sapendo che probabilmente Sion non aveva cattive intenzioni e che comunque fossero andate le cose non avrebbe scoperto le sue carte con lei, Lux si calmò un poco e attese una sua reazione.

"Secoli fa ho combattuto al fianco di cavalieri che avevano il tuo stesso dono" riprese lui, dopo un momento durante il quale si osservarono entrambi in silenzio, avvolti dall'oscurità, le luci della città che riuscivano a malapena a infrangerla, tanto sembrava pesante in quella stanza.

"Ricordo le loro armature. Scintillavano anche sotto i raggi lunari e spesso mi chiedevo come sarebbe stato vederli correre sui loro cavalli in pieno giorno, le armature tirate a lucido, gli stendardi delle loro casate e le armate di soldati pronti a seguirli fino in capo al mondo. Ma non sarebbe mai successo… eravamo vampiri e in quanto tali non ci era più permesso di stare con gli umani e di lasciare che il sole ci carezzasse la pelle".

"Eri un cavaliere?" gli chiese Lux a quel punto, con un filo di voce, cercando di fare un rapido calcolo mentale sull'età reale del vampiro. Se fosse stato davvero vecchio come stava implicando, allora i suoi poteri erano davvero sconfinati. Il suo glorioso aspetto si era mantenuto identico a quello che aveva al momento della fine della sua vita da umano, ma i poteri dentro quel corpo avevano continuato ad accumularsi e ad evolversi, anno dopo anno. "Di... di che epoca stai parlando?"

Una risatina sommessa fu l'unica risposta alla domanda della donna, che andò ad alimentare i dubbi che già aveva riguardo a quella missione e al ruolo di Sion in quanto pedina del Governo Centrale. Lui, la guardò intensamente, stringendola un po' di più per un attimo, quasi a rimproverarla per quelle sciocche domande, ma Lux era talmente concentrata da non accorgersene nemmeno.

"Eravamo un'armata di non-morti, che vagava nella galassia alla ricerca di un regno che potessimo chiamare casa. Alcuni di noi avevano il dono della preveggenza e riuscivano a vedere nei propri sogni avvenimenti che appartenevano al futuro" continuò lui, tornato serio tutto d'un colpo. "Si tratta di facoltà psichiche che possediamo tutti, ma che non utilizziamo perché il nostro cervello le blocca, non riuscendo a riconoscere i loro processi. In alcune persone questo non avviene e possono usufruire di questi doni, che però non sono sempre facili da gestire".

Lux aggrottò le sopracciglia, cercando di afferrare il vero senso di quel discorso. Era probabilmente molto più vecchio di quanto potesse anche solo immaginare, ma, secondo quanto le stava dicendo, probabilmente in lui non si era manifestato il dono della chiaroveggenza. La spiegazione che le aveva fornito lui era molto più semplice e lineare di tutti i paroloni vuoti e senza senso che le avevano propinato gli scienziati al laboratorio e d'improvviso sorprese persino se stessa quando gli rivolse di nuovo la parola.

"In me non è un talento innato" gli disse, sicura ormai che il Governo l'avesse informato della sua condizione, sempre che non avesse già pescato le informazioni che gli servivano direttamente dalla sua mente. "È successo dopo che sono uscita dal coma. Se fosse come dici tu, allora avrei dovuto averne sentore già prima, quando ero completamente umana".

"Potrebbe essere stato il coma a sbloccare le tue capacità" rispose lui, piegando un po' la testa di lato, come se stesse pensando. "O forse chiunque ti abbia trasformato avrebbe potuto usare la tecnologia della quale disponeva per modificare anche il tuo cervello e renderlo più reattivo nei confronti di determinati stimoli".

"Non vedo come" obiettò lei con una debole alzata di spalle. "Di solito queste visioni vanno e vengono senza chiedere il permesso e non capitano mai in concomitanza di episodi che potrebbero quindi attivare il processo, come dici tu".

"Magari l'avermi guardato l'altro giorno mentre mi cibavo ti ha scossa più di quanto tu non abbia voluto ammettere a te stessa" azzardò lui, abbassando ancora di più la voce, tanto che ormai pareva un sussurro e guardandola dritta negli occhi, come se volesse catturarla con lo sguardo per evitare che fuggisse ancora una volta. "E la tua mente potrebbe aver sbloccato queste emozioni soltanto adesso".

"Non mentirmi..." aggiunse poi, sempre sussurrando. "Ti sentivo dentro la mia testa e so quello che stavi provando".

"Tu non sai niente di me" ribattè lei, insieme piccata e sconvolta dalla faccia tosta del vampiro. Nessuno aveva mai osato tanto con lei, tutti troppo spaventati dalla sua durezza e dalle sue armi per avvicinarsi così tanto alla verità. Lo stesso Nathaniel non accennava mai a certi argomenti, ben sapendo che avrebbero portato soltanto a una furiosa litigata che non avrebbe fatto bene a nessuno dei due. Eppure Sion sembrava sicuro di sé. Troppo, forse, al punto che lei stessa dovette ammettere che molto probabilmente aveva provato le sue stesse sensazioni e che quella connessione che sembrava essersi formata tra loro era stata alimentata anche dal sangue che aveva bevuto dalla gola di quel povero schiavo innocente. "...niente".

"Sei stata tu a chiudere il flusso dei pensieri che ci hanno investiti" le rivelò lui per tutta risposta, lasciandola di nuovo interdetta. Lei? Non aveva idea di aver saputo fare una cosa del genere e nemmeno avrebbe potuto pensarci più di tanto, visto che era stata quasi ipnotizzata dalla vista del sangue. Evidentemente era riuscita a riguadagnare il controllo e in quel modo a chiudere quello scomodo, quanto intimo, flusso di pensieri ed emozioni che si era aperto tra di loro. "Altrimenti avrei potuto saperne molto di più e in cambio anche tu avresti saputo di me. Avresti potuto vedere chi sono in realtà e come sono diventato un vampiro. Avrei potuto scoprire quello che ti è successo".

"E cos'avrei dovuto sacrificare per conoscere queste risposte?" ribattè lei, indurendo un po' lo sguardo. "La mia libertà? La mia dignità oppure soltanto il mio status di donna libera per diventare tua schiava, Sion?"

"E se invece fossi stato io a diventare tuo schiavo, te lo sei mai chiesta?" fu la domanda che gli rivolse lui, con la stessa determinazione negli occhi. "Credi che non sia preoccupato? Credi davvero che questa connessione tra noi mi lasci indifferente, Lux? Forse sei tu a non sapere niente di me, però la tua presunzione non ti lascia vedere le cose più ovvie".

"La mia presunzione però mi ha aiutata a restare in vita" fu la sua risposta, secca e tagliente, mentre iniziava a divincolarsi.

"Devo andare adesso, ma grazie dell'aiuto".

"Non vuoi almeno dirmi cos'hai visto?" le chiese lui, stringendo la presa per un momento e allentandola subito dopo, non volendo trattenerla per davvero: il suo orgoglio glielo impediva. "Le visioni sono a volte criptiche, c'è bisogno di una persona esterna che cerchi di decifrarle con obiettività".

"Ti ringrazio, ma il mio esterno non sei tu" rispose laconicamente Lux, balzando a terra con l'agilità che la contraddistingueva e guardandolo intensamente negli occhi. Per un brevissimo attimo, mentre lo osservava alla luce della luna, pensò che era bello. Molto bello. La passione e la nostalgia contenute nella sua voce quando aveva raccontato quello stralcio della sua vita poco prima riecheggiavano ancora dentro di lei. Forse Sion non era così cattivo come aveva pensato. Se si fossero conosciuti in un altro modo e se lui non fosse stato un vampiro con un tale potere, forse le cose sarebbero andate diversamente.

Lux non ebbe nemmeno tempo di finire quei pensieri, perché di nuovo quello che sembrava un grosso muscolo dentro il suo corpo iniziò a flettersi, aprendo quella connessione che Sion si era premurato di chiudere con gli scudi metafisici che aveva innalzato attorno al suo potere. Li colse entrambi di sorpresa, rubandogli il fiato e di nuovo scatenando sensazioni ed emozioni che solo l'incontro con un amante avrebbe potuto liberare.

Stavolta però fu Sion a strapparsi per primo dalle grinfie di quel potere sconosciuto, rimanendo a guardarla senza fiato e notando che la stessa Lux sembrava sconvolta quanto lui.

"Non ti fidi di me nemmeno adesso, vero?"

La domanda, chiesta con l'intensità di quegli occhi e dopo un momento così intimo tra loro, le fece abbassare per un attimo la guardia. Lo guardò con una tenerezza che raramente aveva mostrato in tutta la sua vita e dovette costringersi a coprirsi con una vestaglia, per tenersi occupata e non andare da lui.

"Non mi fido nemmeno di me stessa…" sussurrò. "Come potrei fidarmi di te?"

Senza dargli il tempo di rispondere, Lux si voltò e si avviò alla porta con passo deciso, uscendo dalla stanza quasi che stesse scappando, sebbene si fosse imposta, con una volontà di ferro, un passo normale. Dopo tanti anni e tanti sacrifici e rinunce, si sentiva di nuovo vulnerabile.

CAPITOLO 5

A causa del pugno che si abbatté sulla parete di cemento, rivestita di un tessuto molto simile alla seta, tutti i quadri e i ninnoli appesi sussultarono. Il grugnito quasi animalesco che ne scaturì non fu però dovuto al dolore, quanto alla rabbia. E infatti, subito dopo un secondo pugno seguì il primo. Al grugnito rabbioso stavolta si aggiunse il ritmico sbuffare di un respiro affannoso, come se la persona che si stesse sfogando contro il muro volesse cercare di controllarsi in qualche modo. Un ultimo pugno però andò a collidere sempre con lo stesso punto, prima che il gigante in questione si allontanasse a passi veloci.

"Maledizione" stava borbottando tra sé e sé. "Maledizione, maledizione, maledizione".

Nemesis faceva su e giù per la stanza come un animale in gabbia. Ogni suo gesto trasudava una rabbia e una violenza che aveva cercato di calmare tirando pugni al muro ma che evidentemente continuava a ribollire sotto la superficie. La grossa testa pelata era lucida a causa del sottile velo di sudore che la ricopriva e quasi scintillava nella semi oscurità della stanza, rischiarata soltanto dal finto fuoco nel camino. L'oscurità lo aiutava a pensare, ma se non fosse riuscito a calmarsi non sarebbe mai riuscito a cavare un ragno dal buco. Per organizzare qualcosa di efficace aveva bisogno di essere lucido. Lucido e letale, com'era sempre stato.

Un'idea allora lo folgorò e in un gesto fluido Nemesis tolse la canotta nera che indossava, lanciandola da qualche parte nella stanza. Iniziò quindi a slacciare gli stivali in pelle con astio, come se avesse un conto in sospeso con loro e stesse quindi reclamando vendetta. Li tirò via con noncuranza, lasciandoli sul tappeto mentre si avviava a piedi nudi verso il grande bagno privato annesso alla stanza che gli era stato assegnato, a quanto dicevano le guardie, da Sion in persona. Lungo la strada, anche i larghi pantaloni cargo e la biancheria intima finirono sul pavimento. Il Nemesis che entrò nella grande sala illuminata era quindi completamente nudo e ancora fumante di rabbia, a quanto dicevano il viso tirato e le sopracciglia aggrottate. Con due larghe falcate si trovò davanti alla porta a vetri che delimitava la cabina doccia, aprendola e richiudendola dietro di sé.

L'intera cabina era rivestita con piccolissime mattonelle quadrate che ricordavano le tessere di un mosaico dei tempi antichi, che aveva visto qualche volta su uno dei pochi libri che aveva sfogliato durante i suoi viaggi nello spazio. I colori erano caldi e andavano dal dorato al marroncino, in sfumature e disegni geometrici che rendevano la cabina anche più bella. Lo spazio era ampio, come se fosse stata pensata per accogliere due o più persone e dal muro spuntavano faretti posizionati ad arte per creare giochi di luci e ombre sui corpi nudi di chi la occupava. Quando Lux aveva visto quella, identica, nella sua stanza, aveva commentato che i vampiri di quel pianeta erano evidentemente molto fantasiosi dal punto di vista sessuale, o altrimenti non si sarebbe spiegata tutta la cura maniacale che prestavano a dettagli del genere, creando vere e proprie alcove destinate ad accogliere amanti focosi.

Nello stato in cui era, però, Nemesis sembrava assolutamente indifferente a tutto quello che lo circondava. Non gl'importava delle luci, dello scintillio delle piastrelle dorate oppure della regale sala da bagno che gli era stata riservata: doveva solo schiarirsi le idee per pensare lucidamente come al solito.

Aprì quindi l'acqua, che dapprima scese in goccioloni gentili che gli massaggiarono le spalle e poi, quando lui aumentò la potenza, iniziarono a frustargli la pelle senza pietà. L'aveva scelta gelida, anzi ghiacciata, per farsi colpire brutalmente sul corpo nudo e inerme, quasi che volesse punirsi in qualche modo per essersi lasciato andare a quel modo. I muscoli guizzarono involontariamente sotto la sua pelle ambrata e le luci fecero il proprio dovere, incorniciando il suo enorme corpo, scolpito da anni e anni di allenamenti, come se si trattasse della statua di qualche divinità greca. Eppure al gigante tutto quello non importava. Di solito alla sola vista di un bagno del genere si sarebbe chiesto come sarebbe stato fare l'amore con una squillo sotto quella doccia e come avrebbe reagito lei nel vederlo finalmente nudo e illuminato a quel modo dalle luci che evidentemente erano state pensate proprio per abbellire chiunque ne fosse colpito.

Le reazioni delle donne erano contrastanti e lui non riusciva mai a prevederle. Alcune si dimostravano anche più eccitate alla vista di un uomo così enorme – in tutti i sensi – quasi saltandogli addosso e mostrandogli esattamente fino a che punto apprezzavano sorprese del genere. Altre invece sembravano intimorite, quasi spaventate dalla sua stazza e dal suo aspetto minaccioso. Il gioco che Nemesis prediligeva era proprio quello di far ricredere queste ultime, piegando la loro volontà e riducendole a burattini che eseguivano ogni suo ordine. Di tanto in tanto, sogni traditori avevano proiettato nella sua mente immagini di Lux e di come sarebbe stato con lei. Affascinante, senza dubbio, forse il miglior sesso che avesse mai potuto desiderare, però aveva sempre censurato quei pensieri. Sarebbe stato troppo rischioso provarci con una come lei. Lux pensava decisamente troppo e di solito non riusciva a capire quando tenere la bocca chiusa. Con lei non sarebbe potuto essere se stesso e si sarebbe sentito sempre sotto controllo. Forse un coinvolgimento così intimo con un compagno di squadra non sarebbe stata una buona idea in ogni caso.

Per rilassarsi ulteriormente, il gigante poggiò le enormi mani contro il muro e vi si poggiò contro, abbassando la testa sotto il potente getto d'acqua fredda e lasciando che lo gelasse fin nelle ossa. Lucido. Doveva rimanere lucido per salvarsi ancora una volta.

Quel maledetto di Ross voleva farlo fuori. Lux aveva chiamato tutti in camera di Nathaniel e lì aveva finalmente raccontato, per filo e per segno, la visione che l'aveva colta nel cuore della notte. I consiglieri del Governo Centrale non avevano fatto altro che parlare di lui e Sion. A quanto pareva non era l'unico che si era posto qualche dubbio riguardo alla potenziale pericolosità del vampiro, ma essendo lui l'ultima ruota del carro, nessuno si era interessato alle sue opinioni in merito. Quello che più l'aveva scosso però era il fatto che Ross si era spinto oltre.

Fino a quel momento infatti si erano limitati ad evitarsi, oppure a lanciarsi in discussioni furiose di tanto in tanto: mai avrebbe pensato che quel piccolo bastardo stesse tramando contro di lui.

Ross, il loro caposquadra, era da sempre stato considerato un fanatico militare. Non molto alto, si torturava giorno dopo giorno con esercizi fisici che avrebbero stremato persino una persona allenata quanto Nemesis, col risultato di ottenere un corpo estremamente tonico e muscoloso, ma anche di sembrare ridicolo per via della sua altezza sproporzionata. Sembrava infatti uno di quei cani che Lux chiamava bull-dog, le labbra serrate in un'espressione di perenne disapprovazione, espressa con quelli che potevano essere definiti solo grugniti animali. Si vantava del fatto che il suo aspetto e i suoi crudeli occhi di colore del ghiaccio avevano spaventato più di una recluta, parlandone come se avesse meritato una medaglia al valore solo per quello. Vestiva, in genere, abiti di taglio militare e aveva quasi sempre il capo coperto da un basco, come se appartenesse a qualche squadrone del passato. Un nostalgico, il cui fanatismo però poteva risultare pericoloso. Ross infatti non tollerava critiche rivolte a lui, e men che meno al suo modo di gestire le missioni che gli erano affidate. Si considerava un formidabile stratega e combattente nato, quindi, secondo lui, non avrebbe mai potuto commettere errori.

Nemesis se lo era inimicato sin dal loro primo incontro. L'aveva osservato con sufficienza, un sorrisetto sardonico che mostrava coi fatti cosa ne pensasse del suo aspetto e dei suoi modi. Ross, indispettito, l'aveva allora affidato a quella che considerava la peggior squadra che avesse mai comandato, insieme a un ex supervisore caduto in disgrazia perché non aveva saputo gestire i propri uomini e a un soldato dalla carnagione piuttosto scura riguardo, al quale aveva più volte espresso i propri dubbi. Sperava in questo modo di toglierselo presto di torno. La squadra era indisciplinata, se qualcosa fosse andato storto, la colpa non sarebbe di certo andata a lui.

Eppure, con suo grande dispiacere, quegli individui inaffidabili sembravano avere una fortuna fuori dal comune. Non solo non sbagliavano quasi mai, ma erano riusciti anche a far saltare alcuni attentati astutamente orditi per toglierli di mezzo.

Nonostante credesse fermamente nei valori militari, che secondo lui erano stati ormai dimenticati da tutti, Ross non era mai sceso in campo. Controllava i suoi uomini dalla base centrale, attraverso i dati che arrivavano dai microchip impiantati loro sotto pelle e, qualche volta, comunicando loro qualche variazione del piano originale. Cosa che aveva puntualmente dimenticato di fare con la squadra di Nemesis, con la speranza che un giorno quella dannatissima fortuna girasse dalla sua parte. Fino a quel momento, senza alcun risultato soddisfacente. Una volta o due qualcuno di loro aveva rischiato la vita, come l'ex supervisore che era quasi morta in un tentativo disperato di salvare i propri compagni, ma Ross aveva risolto anche quel problema. La sua efficienza era proverbiale, anche se i suoi detrattori preferivano soffermarsi sul fatto che non seguiva i propri uomini nelle loro missioni. Ma non capivano? Lui doveva supervisionare tutto e per farlo in modo oggettivo aveva bisogno di stare lontano! Era un concetto lineare che però non tutti comprendevano. Nemesis, primo fra tutti, gli rinfacciava questa sua mancanza, spesso e volentieri, anche in pubblico. Sembrava non accettare la sua autorità solo perché non era mai stato in missione insieme a loro, arrivando a chiamarlo codardo durante una riunione di consiglio alla quale era stata invitata anche la sua squadra.

Fu allora che Ross iniziò a pensare a modi più sottili e molto più efficaci per ottenere la propria vendetta. Aveva sempre nutrito dei dubbi nei suoi confronti, nonostante i consiglieri sembravano convinti del fatto che si trattasse solo di uno stupido che avrebbero potuto trasformare in un servo fedele. Nemesis non aveva rispetto per l'autorità e si rifiutava di fornire informazioni precise riguardo alla sua vita prima che fosse assegnato alla nuova squadra. Tutto quello che Ross sapeva era che veniva dal pianeta Helius Prime e che non era nuovo alle task-force. La sua dialettica e una buona dose di bustarelle distribuite ai giusti individui gli avevano però permesso di scoprire la realtà: Nemesis altri non era se non un assassino. Avrebbe potuto liberarsi di lui facilmente, fabbricando prove false e presentandole al consiglio per esigere la sua condanna a morte.

******

L'acqua gelida scendeva a rivoletti sul suo petto glabro, seguendo le linee scolpite dai suoi muscoli torniti e facendolo rabbrividire di tanto in tanto. Nemesis era ancora poggiato con le mani contro il muro, la testa abbassata e gli occhi chiusi, come se stesse male e cercasse di non perdere l'equilibrio. In realtà aveva semplicemente lasciato la sua mente libera di vagare a proprio piacimento, nella speranza che qualche intuizione geniale gli fornisse la risposta alla domanda che più gli premeva: come eliminare Ross?

"Nemesis!"
Il grido disperato risuonò nella galleria, tra nuvole di fumo e fuliggine.
Era l'inferno. Il fuoco era stato appiccato dai cyborg ostili ad entrambi

i lati, intrappolandoli all'interno della galleria dalle ampie volte senza un'effettiva via di fuga.

"Nemesiiiis!"

La battaglia era stata cruenta, molto più di quanto non si aspettassero. Erano stati inviati a supporto di un'unità locale che aveva avuto difficoltà a mantenere l'ordine nella galassia di Neelo, quasi interamente popolata da cyborg, frutto dei primi esperimenti del Governo Centrale per la costruzione di un'armata invincibile, capace di tenere sotto controllo tutto l'universo conosciuto.

Gli scienziati avevano iniziato a utilizzare cavie umane, volontari pagati profumatamente dal Governo Centrale, che il più delle volte altri non erano se non disperati che avevano bisogno di denaro, unendo parti meccaniche ai loro corpi di carne e ossa. I primi morirono quasi tutti per via di complicazioni post-operatorie o sotto i ferri dei chirurghi. Nonostante si fosse sparsa la voce che quella sala operatoria si era trasformata in una stanza degli orrori dalla quale nessuno usciva vivo, i candidati continuavano ad affollare le liste d'attesa, incapaci di rinunciare a una somma di denaro così ingente. Ci volle un po' finché non si riuscì a tenere in vita quegli esperimenti, almeno per il tempo necessario a capire bene i motivi per i quali non duravano, ma alla fine la scienza trovò la strada giusta: il Governo Centrale riuscì a costruire un battaglione di cyborg quasi indistruttibili. Nessuno si era però preoccupato di monitorare lo stato di salute mentale di quegli uomini che, da un giorno all'altro, avevano dovuto rinunciare alla propria vita e al proprio aspetto per vedersi trasformati in macchine da guerra. Molti erano impazziti, non riconoscendosi più per quello che erano e incapaci anche solo di guardare la propria immagine riflessa in uno specchio, talmente trasfigurati da sembrare mostri presi in prestito da qualche libro dell'orrore, sfogando quindi tutta la rabbia e la violenza repressa in battaglia. Mai una volta il Governo Centrale e i suoi scienziati si erano chiesti come avrebbe reagito la mente di quelle macchine sotto pressione: l'importante era che uccidessero senza pietà e che tornassero vittoriosi.

Fino al giorno in cui i cyborg decisero di rivoltarsi contro i loro creatori.

La resistenza era durata per anni, concentrandosi nella galassia di Neela, dove si erano radunati tutti i cyborg sopravvissuti. Durante quegli anni, i laboratori finanziati dal Governo Centrale non avevano più lavorato alla creazione di quei soldati, bollati subito come un progetto fallimentare, ma ad una fusione tra DNA umano e macchine, in modo da assemblare una macchina che fosse anche parzialmente umana e capace di intendere e di volere, eliminando così gli uomini dall'equazione.

A combattere la resistenza dei cyborg furono inviate le più prestigiose squadre di mercenari, formate da circa dieci uomini ciascuna, con l'unico ordine di sterminare completamente quella razza ostile.

"Nemesis! Non vedo più niente!"

Il tunnel stava iniziando a riscaldarsi. Le spesse pareti di metallo avevano accumulato il calore generato dalle fiamme ed erano ormai roventi. Non avrebbero collassato, quello no, però si erano trasformate in una trappola mortale: non potevano essere sfondate e se la temperatura fosse salita ancora avrebbero letteralmente arrostito i soldati, ancora intrappolati all'interno.

I computer avevano segnalato la presenza di alcuni cyborg nella galleria che conduceva a una serie di laboratori sotterranei, una volta di proprietà del Governo Centrale e ora in mano alle forze ribelli. La squadra, tra le meglio addestrate, si era addentrata nell'oscurità, facendosi luce con delle piccole torce. Nessuno aveva preventivato che potesse essere una trappola. I cyborg venivano considerati delle macchine fuori controllo, non erano in grado di pensare. Quella concezione però non aveva nessun fondamento scientifico, perché nessuno mai si era premurato di studiare le vere potenzialità di quelle macchine umane. Peccato che il Governo si fosse dimenticato di comunicare questo tipo di informazioni alle squadre inviate sul posto.

In pochi minuti si era scatenato l'inferno. Una serie di esplosioni davanti a loro gli aveva sbarrato la strada, impedendogli così di entrare nei laboratori sotterranei che avrebbero rappresentato il rifugio ideale per la squadra di umani. Presi alla sprovvista, i militari avevano iniziato ad indietreggiare, quando un piccolo gruppo di tre o quattro cyborg li aveva presi alle spalle, tentando di spingerli verso le fiamme. Il conflitto a fuoco era stato confusionario e pressoché inutile in quanto il bilancio vedeva pendere la bilancia pericolosamente dal lato dei cyborg. La metà della squadra era stata uccisa e i restanti umani si erano nascosti in mezzo al fumo e all'oscurità per cercare di uccidere i due cyborg rimanenti. Questi ultimi però, grazie a un piano ben congegnato, avevano innescato una seconda esplosione e si erano dileguati, facendo crollare in più punti la volta della galleria ed ostruendo quindi il passaggio che avrebbe portato gli uomini verso la salvezza.

"Ho bisogno di aiuto Nemesis, dove sei?"
La voce continuava a gridare, il suo proprietario si muoveva a tentoni nel fumo, le orecchie sanguinanti per via delle esplosioni che gli avevano fatto saltare i timpani. I suoi compagni erano ormai spacciati, feriti dall'esplosione oppure impazziti per via del panico e degli orrori dei quali erano stati testimoni.
Tutti tranne uno.
Nemesis rimaneva in silenzio, pur sapendo che il suo compagno di squadra non avrebbe potuto sentirlo. Qualcosa gli diceva che non era finita e, deciso ad ascoltare il suo istinto, si era quindi acquattato nell'oscurità, aspettando e sperando di non essersi sbagliato. Faceva caldo, troppo caldo, e il fumo gli bruciava gli occhi, ormai rossi e iniettati di sangue. Quel maledetto continuava a gridare, innervosendolo, mentre lamenti e gemiti provenivano da altri militari sparpagliati qua e là nella galleria.
Fu solo lunghi momenti dopo che un'altra esplosione, questa volta più contenuta rispetto a quelle precedenti, creò un corridoio dal quale due cyborg entrarono nella galleria. Fumo e calore non sembravano creargli difficoltà e quindi, come se si trovassero a una semplice

esercitazione, iniziarono a cercare i sopravvissuti, sparandogli con freddezza e poi prendendo le loro armi per portarle al proprio quartier generale.

Nemesis stringeva la bomba nella sua mano destra. La superficie liscia e ormai calda sembrava dargli sicurezza. Il solo sfiorare il piccolo bottone rosso che l'avrebbe attivata lo faceva sentire meglio. Non sarebbe crepato per il Governo Centrale. Non aveva chiesto lui di essere assegnato a quella missione e quindi che andassero a farsi fottere tutti. Gli altri erano spacciati: lui aveva una possibilità di salvezza e l'avrebbe sfruttata. Ricordava dov'era la navetta che avevano utilizzato per scendere sul pianeta, gli sarebbe bastato raggiungerla e poi partire alla volta della nave madre che li aspettava in orbita.

I suoi pensieri furono interrotti da una voce che gli ghiacciò il sangue nelle vene.

"Nemesis? Sei qui?"

Un'imprecazione gli sfuggì dalle labbra. Quel dannato lo aveva trovato, nonostante fosse sordo e quasi cieco per via del fumo e del calore intenso. I cyborg li avrebbero sicuramente sentiti e freddati senza pietà come stavano facendo coi loro compagni, a giudicare dalle grida e dai rumori di spari che sentiva provenire da un punto imprecisato del fondo della galleria.

Si trattava di vivere o morire e lui non voleva morire. Senza stare a pensarci troppo, afferrò il commilitone alla gola. Quello emise un gemito soffocato e tentò di divincolarsi, ma era troppo malconcio per liberarsi dalla presa ferrea di Nemesis, che non accennava a lasciarlo andare. Per evitare qualsiasi altro suono allora il gigante mise una mano sulla bocca dell'altro soldato, guardando quel viso spaventato mentre la sua vita gli scivolava tra le dita. L'altra mano gli stava serrando la gola, quasi spaccandogli la carotide. Lo sentiva boccheggiare contro la mano che gli tappava la bocca, in un vano tentativo di continuare a respirare ma ancora non lo lasciò andare. Lo guardava con cinismo, chiedendosi perché mai non volesse proprio morire. Era già con un piede nella fossa: quanto ancora ci sarebbe voluto?

Man mano gli occhi, che fino a poco prima erano solo socchiusi per via del fumo, si allargarono per via del terrore e della consapevolezza di stare per morire per mano di un uomo al quale aveva pensato di poter affidare la propria vita. Nemesis non sembrava affatto turbato, guardandolo come se stesse osservando uno spettacolo morbosamente affascinante, senza distogliere mai gli occhi se non per guardarsi le spalle di tanto in tanto. Quando il militare emise il suo ultimo respiro, Nemesis lo lasciò andare senza fare una piega, alzandosi in piedi e recuperando la bomba che aveva lasciato per terra quando aveva avuto bisogno di entrambe le mani per sbarazzarsi di quel seccatore.

Un attimo dopo, correva già verso l'apertura creata dai cyborg. Riuscì ad uscire dalla galleria d'accesso ai laboratori prima che esplodesse per via della bomba, intrappolando stavolta i cyborg all'interno.

Una volta tornato alla nave madre riferì tutto l'accaduto, dicendo di essersi salvato per puro miracolo durante la fuga insieme a uno dei suoi compagni, che però era stato ferito a morte prima di arrivare alla navicella. Nessuno aveva mai fatto domande: nessuno tranne Ross.

CAPITOLO 6

La stanza, illuminata dalla fiamma artificiale del camino, appariva tetra nel suo stile antico e palesemente falso. Una delle due poltrone posizionate proprio davanti al camino era occupata. Lux vi sedeva con le gambe incrociate e i piedi nudi. Le sue lunghe dita sottili stavano carezzando teneramente i capelli di Nathaniel, che si era invece seduto sul soffice tappeto che ricopriva il pavimento, poggiando poi la testa in grembo alla sorella. Le cingeva, per quanto possibile, il busto con le sue potenti braccia, lasciando che lei lo coccolasse e sentendosi al sicuro, almeno per qualche breve momento, prima di ritornare a combattere contro un mondo che non capiva.

Nathaniel era, se possibile, l'unico uomo del quale Lux si fidava. Parte del suo Io continuava a stare all'erta, come se si aspettasse che da un momento all'altro il fratello tentasse di ucciderla o comunque di metterla in qualche guaio. Raramente, quindi, si rilassava completamente come Nathaniel e mai avrebbe affidato la propria vita a qualcun altro che non fosse se stessa. Però, quel fratello acquisito era l'unico contatto umano che si poteva permettere e, in quanto tale, per lei aveva un'importanza che pochi avrebbero capito. Quell'uomo dalla pelle ambrata, che alla vista pareva quasi esile, per via dei vestiti larghi che amava indossare, nascondeva invece un'agilità e una potenza che avrebbero impressionato i più coraggiosi. Dove non arrivava la sua forza fisica, arrivava la sua testardaggine, che lo spingeva ad andare avanti sempre e comunque. Non importava quanto fosse ferito o stanco o quanto una missione sembrasse impossibile: Nathaniel avanzava a testa bassa, abbattendo ostacoli su ostacoli solo perché odiava arrendersi. Lux passava le dita tra i suoi capelli, sentendo il calore del respiro del fratello attraverso la stoffa dei pantaloni neri che aveva indossato subito dopo la riunione della task-force con Nemesis. Si era sentita in imbarazzo nel doversi mostrare a lui soltanto con una vestaglia indosso, ma non aveva potuto perdere tempo e si era detta che infondo non erano affari suoi in ogni caso. Certo, il bestione non aveva mancato di farle sapere col suo sguardo quanto avesse apprezzato quella mise inconsueta, però Lux non aveva raccolto la provocazione, passando in rassegna le opzioni che aveva la squadra e limitandosi a parlare di quello che aveva visto nella visione. Non appena sola con suo fratello, però, si era affrettata a cambiarsi d'abito, indossando pantaloni cargo neri e una delle sue canotte, anch'essa nera. Pronta per combattere, come sempre, però per una volta non aveva indossato gli stivali, né si era preoccupata di tenere con sé le armi. Erano bene in vista e comunque a portata di mano, sparpagliate tra la scrivania e il divano, per cui se ci fosse stato bisogno di un intervento d'urgenza non sarebbe stata colta impreparata. Era bastato lo sguardo di Nathaniel a farle capire che avrebbe fatto la figura della paranoica se si fosse armata di tutto punto soltanto per rimanere in camera con lui.

"Credi che ci sia un modo per fermarlo?" gli chiese lei di punto in bianco, la voce ammorbidita dalle carezze che stava elargendo, e dalla presenza confortante del fratello. I lunghi capelli corvini le scivolavano tra le dita, morbidi come la seta. Nathaniel non sembrava preoccuparsi poi troppo dei vestiti, ma aveva una cura maniacale dei propri capelli. Quando Lux glielo aveva chiesto, le aveva risposto che erano una cosa sacra e che per la sua gente significavano molto. Ora, carezzandoli per l'ennesima volta in tutta la loro lunghezza, Lux si ritrovò a invidiarlo un poco. In quanto donna avrebbe dovuto prendersi più cura di se stessa, ma si trascurava troppo, dicendosi che occuparsi del proprio corpo era una frivolezza della quale poteva fare a meno. Non si preoccupava poi tanto dei propri capelli, al contrario del fratello, legandoli quasi sempre in una crocchia stretta, in modo che non le dessero fastidio e che non diventassero un utile appiglio per il nemico in caso di combattimenti corpo a corpo. Gli unici momenti che dedicava a se stessa erano quelli notturni. Un vestito un po' più corto di quanto sarebbe stato lecito per andare ad abbordare qualcuno in qualche bar, sentendosi addosso gli occhi di tutti. Regalarsi per una volta un po' di piacere senza dare troppo peso a quello che avrebbero potuto dire gli altri, oppure indossare cortissime sottovesti, coccolandosi in lenzuola morbide e scivolose, sentendosi attraente e riportando finalmente la sua autostima a livelli normali.

"Forse si, ma non credo che riusciremo a convincerlo tanto facilmente a mollare la presa" rispose Nathaniel, con il tono roco di chi stava provando piacere e gli occhi chiusi, come se fosse completamente concentrato su quelle carezze. Aveva capito subito di chi stava parlando Lux: Ross. Del resto, il loro capitano rappresentava l'unico pericolo imminente per la task-force. Certo, anche Sion avrebbe potuto creargli problemi, ma la guerra e la violenza erano cose tra le quali si sentivano a loro agio e che sapevano gestire. Gli intrighi politici erano tutt'altra cosa. Ross, da viscido bastardo qual'era, tramava alle spalle di tutti, riconoscendo all'istante i pesci grossi e mettendosi alle loro calcagna con lo scopo di ricavarne qualcosa. Era in quel modo che si era guadagnato la carica di capitano, nonostante non ne avesse le doti. Per quel motivo veniva disprezzato da chi invece aveva sudato sette camicie per ottenere uno straccio di promozione per meriti sul campo. Ross era un individuo pericoloso, di quelli che ti accolgono con tanti sorrisi e nascondono un lungo coltello affilato dietro la schiena, pronti a pugnalarti non appena possibile. Lux ne sapeva qualcosa, essendo stata un supervisore fino a qualche anno prima, ma non ne parlava quasi mai.

Nathaniel era certo che Ross provava un sottile piacere nell'affidarle i compiti più ingrati e nel tentare di demoralizzarla, forse sperando di potersi godere il suo crollo. Oppure, credendo che un giorno, per farlo smettere, lei avrebbe potuto concedersi a lui. Niente di più errato, ovviamente. Sua sorella decideva tutto da sola, senza coercizioni. Al primo segnale di pressione non solo provava a scappare, ma s'incaponiva e per via del suo orgoglio si negava di tutto pur di non cedere. Pochi la conoscevano meglio di Nathaniel e probabilmente quasi nessuno aveva il suo stesso legame con lei. Si trattava di un patto di sangue, molto diverso da quello che stringevano i vampiri appartenenti a una stessa congrega, ma dalla stessa sacralità. Ricordava ancora gli occhi di Lux che studiavano ogni cosa, quasi che volesse provare a capire cosa stesse succedendo, senza però riuscire a mettere da parte il suo orgoglio smisurato abbastanza da poterglielo chiedere. Nathaniel ci avrebbe pensato solo dopo, assorto com'era nei preparativi. Incensi profumati, con un tocco di erbe allucinogene che per anni avevano aiutato i suoi antenati a raggiungere le visioni che cercavano, bruciavano lentamente attorno a loro. Una ciotola di rame era stata posizionata tra le loro gambe nude, pronta a ricevere il sangue che avrebbero lasciato cadere dai propri polsi. E una volta versato il sangue di entrambi, Nathaniel intinse un dito nella ciotola, disegnando alcuni simboli sul viso di Lux e lasciandole poi fare lo stesso sul suo. Avevano bevuto il sangue rimanente, come se fossero vampiri, poi si erano giurati eterna lealtà, rimanendo per tutta la notte avvinghiati l'uno all'altra a guardare le stelle. Mai una volta erano caduti in tentazione o avevano pensato all'altro in un modo diverso da quello che erano: fratello e sorella. Mai c'era stata tensione sessuale tra loro, nonostante quella notte fossero stati entrambi nudi e inebriati dal profumo di quelle erbe. Nemesis, nel vederli così uniti, si era sicuramente chiesto più volte se facessero sesso alle sue spalle, ma non si era mai azzardato a chiedere. Nathaniel, dal canto suo, non si era mai preoccupato di smentire, ritenendo semplicemente ridicolo che si potesse anche solo pensare d'infrangere un patto tanto sacro. Lux invece credeva che quello che succedeva nella sua camera da letto fossero affari privati del quale il gigante non doveva impicciarsi, quindi Nemesis continuava a vivere nel dubbio.

"E se quel bastardo avesse le prove delle quali parlavano?" continuò a chiedergli lei, arrovellandosi il cervello per trovare una soluzione, preoccupata che una volta tornati avrebbero potuto essere travolti da una valanga di guai senza sapere nemmeno cosa stesse succedendo.

"Credi davvero che non le abbia?" sorrise Nathaniel, come se stesse parlando della cosa più normale di questo mondo, alzando finalmente gli occhi a guardarla. "Sul serio, pensi che Nemesis sia un santo o qualcosa del genere?"

A quelle parole, Lux aprì la bocca per rispondere, richiudendola quasi subito però. Credeva che Nemesis fosse un povero innocente? Certo, si era resa conto del fatto che gli piaceva uccidere e che alcuni suoi comportamenti potevano essere definiti morbosi, ma c'era qualcosa che proprio non quadrava. Non riusciva a conciliare l'idea che aveva di lui con quella di un assassino sanguinario che uccideva senza motivo. Combattevano fianco a fianco quasi ogni giorno e, nonostante lei non si fidasse mai completamente, Nemesis non aveva mai assunto un comportamento sbagliato nei confronti dei compagni, coprendogli le spalle quando necessario. L'aveva visto in azione con il gentil sesso e nemmeno lì aveva trovato niente di cui accusarlo. Si era occupata personalmente di tenerlo d'occhio ma il gigante non aveva mai messo un piede in fallo.

Lux stava ancora pensando a cosa rispondere e a quello che pensava veramente di tutta quella faccenda, quando sentì la risata divertita di Nathaniel. Aggrottò le sopracciglia allora, guardandolo in modo poco amichevole perché si sentiva presa in giro. La sua reazione però sembrò divertirlo ancora di più.

"Si può sapere che diamine ti prende?"

"Ti stai arrovellando il cervello per niente" rispose il fratello, ancora ridacchiando. "Nemesis è come noi, né più né meno. Nessuno dei soldati delle task-force può dire di avere la coscienza pulita, Lux. Nemmeno tu o io. Abbiamo ucciso, lo facciamo per professione e probabilmente tutti noi abbiamo commesso qualche azione in passato della quale ci vergogniamo e che vogliamo non venga mai scoperta. Ma questo non fa di noi dei pazzi criminali come pensa Ross".

"Non credo di essere la persona più adatta per fare questo genere di discorsi" rispose semplicemente Lux, distogliendo lo sguardo. Poteva lei discutere di moralità e di lealtà quando aveva perso i propri gradi e tradito i suoi uomini perché si era fatta abbindolare come una stupida? No, non se la sentiva. Avrebbe continuato a tenere d'occhio Nemesis, come sempre, ma non riteneva che rappresentasse una minaccia. Dovevano trovare un modo per convincere Ross a far cadere le accuse, non c'era altro da fare.

"Se è per il modo in cui hai reagito a quel vampiro, non c'è niente di cui vergognarsi" aggiunse Nathaniel, sorridendole in modo rassicurante quando Lux si voltò a guardarlo come se gli fossero spuntate due teste. "Non sei tu a controllare certe reazioni dei tuoi poteri. Non è colpa tua, Lux".

"Io…" iniziò lei, schiarendosi la voce come se volesse prendere tempo per studiare bene la propria risposta. Non aveva nessuna intenzione di essere fraintesa. "Non so cosa mi abbia preso con lui, è la prima volta che mi succede. Il mio potere si è attivato all'improvviso e ha reagito in modo autonomo".

"Come se si fosse sentito irresistibilmente attratto da quello del vampiro" annuì Nathaniel, che ormai ne sapeva abbastanza, dopo le lunghe chiacchierate con la sorella. "Forse sono dello stesso stampo. Non mi preoccuperei più di tanto però. Tu gli piaci, è chiaro, quindi non credo rappresenti una minaccia per noi."

"Io non gli piaccio affatto!" sbottò Lux, punta sul vivo, distogliendo gli occhi dal fratello e perdendosi quindi l'espressione divertita che era tornata ad affacciarsi sul volto di lui. "È arrogante e senza scrupoli, l'unico motivo per cui ho reagito in quel modo è perché il mio potere ha deciso di fare le bizze, nient'altro".

"Oh si certo, certo" l'assecondò Nathaniel, cercando di tornare serio per non infiammare ancora di più il caratteraccio della sorella, che se da un lato non voleva essere un vampiro, non voleva neppure che le fosse ricordata la sua parte femminile che provava sentimenti tipicamente umani.

In quel momento, Nemesis spalancò la porta, senza preoccuparsi di bussare. Anche se notò la posizione piuttosto intima nella quale si trovavano, non diede cenno di essersene accorto, fissando prima uno e poi l'altro negli occhi.

"Thor ha mandato un'offerta di pace" esordì allora, visto che gli altri erano rimasti in silenzio ad aspettare le notizie, abituati com'erano alle sue irruzioni, che raramente portavano buone notizie.

"Guerra finita allora?" chiese Lux con sarcasmo, come se trovasse divertente l'idea che Thor fosse così stupido da credere davvero che una semplice offerta di pace avrebbe messo la parola fine a quel conflitto. Era di sicuro un modo per convincerli della propria buona volontà. Loro sarebbero ripartiti per la prossima missione e lui avrebbe avuto il tempo necessario a riorganizzare le proprie truppe per poi tornare ad attaccare Sion.

"Sono vergini umane da sacrificare per un banchetto" aggiunse Nemesis con voce cupa, senza aggiungere ulteriori commenti.

"Cosa?" chiese Nathaniel, spiazzato. Ma Lux lo aveva già spostato di lato senza troppe cerimonie. Era balzata in piedi, infilando gli stivali in fretta e furia. Le ci volle solo un attimo per raccogliere tutte le sue armi, grandi e piccole, probabilmente spinta dalla convinzione che avrebbe potuto evitare il massacro in qualche modo. Impresa non facile, dal momento che quel tipo di preda era particolarmente raro e che la voracità dei vampiri era leggendaria.

"Andiamo" disse infine, assicurando l'ultimo pugnale alla caviglia e poi avviandosi con passo deciso ed espressione testarda verso il corridoio, passando oltre Nemesis come se non l'avesse neanche visto.

Il gigante scambiò un'occhiata preoccupata con Nathaniel e poi si affrettò a seguirla. Avrebbero dovuto tenerla sotto controllo perché non combinasse qualche guaio: in quel momento tanto delicato era l'ultima cosa che gli serviva.

CAPITOLO 7

Il lungo corridoio sembrava infinito. Lo stavano percorrendo velocemente, preoccupati di arrivare troppo tardi, a massacro concluso. Le guardie li osservarono con indifferenza, come se non li considerassero una minaccia per il loro Signore. Pareva quasi che avessero un ruolo marginale nel conflitto, se non nullo. Soltanto il Governo Centrale si ostinava a fargli credere che la loro presenza fosse determinante per il buon esito della guerra tra vampiri. Sion stesso li aveva accolti come degli ospiti illustri: non aveva parlato del conflitto se non in modo molto marginale. Probabilmente il capo vampiro aveva accettato la loro presenza solo per assicurarsi la benevolenza del Governo. Sion non era stupido: calcolava i pro e i contro di ogni mossa. Averli lì con lui significava crearsi un potente alleato al quale in quel momento non poteva rinunciare.

La grande sala nella quale erano stati ricevuti risultava pulita e profumata. Non restava alcuna traccia del barbaro assassinio compiuto per dar loro il benvenuto, come forse si aspettava Lux, che si guardava nervosamente intorno. I tappeti erano stati cambiati e nemmeno le sensibilissime narici della donna riuscivano più a percepire l'inconfondibile aroma di sangue.

Le vergini erano vestite di bianco, come se, in modo crudele e sadico, si fosse voluta sottolineare la loro purezza e quindi la bontà del loro sangue. Sembravano dei vitelli al macello: tutte raggruppate, per un istinto innato di sopravvivenza che le portava a credere che in quel modo sarebbero state in grado di difendersi. Gli occhi grandi e spaventati la dicevano lunga su come si sentivano, anche se a Nathaniel parve di riconoscere anche un pizzico di rassegnazione, almeno in alcune di loro. Era come se sapessero che, una volta varcata la soglia di quel palazzo, non avrebbero avuto scampo.

Lux era più concentrata sui vampiri nella stanza, invece che sulle ragazze. Alcuni circondavano il branco di animali da macello per evitare che scappassero, altri facevano da spalla a Sion, al centro della sala.

Una parte di lei non poté evitare di notare quanto lui fosse attraente. I capelli biondi che gli incorniciavano il volto e lo sguardo enigmatico che sembrava leggere nel profondo della sua anima lo facevano spiccare in mezzo a mille. La parte razionale del suo io invece stava tentando tutto il possibile per spazzare via quelle sciocchezze dalla sua mente: erano semplici trucchi da vampiro. Sion, chissà come, era riuscito a entrarle nella testa: forse era stato quando l'aveva aiutata dopo il collasso dovuto alla visione. Aveva di certo approfittato del suo stato d'incoscienza per soggiogarla e ora, ogni volta che posava gli occhi su di lui, sentiva qualcosa dentro a cui non riusciva a dare un nome. Non si trattava del getto di potere che sembrava colpirli inspiegabilmente di tanto in tanto, ma di qualcos'altro, che Lux tentava invano di spingere giù, nel profondo del proprio essere, per non doverci fare i conti.

Al contrario di Sion, che sembrava perfettamente padrone di sé, gli altri vampiri erano nervosi. Lux riusciva a leggerlo nei loro occhi, ipnotizzati dal pulsare ritmico e convulso del sangue nelle vene delle ragazze. Le guardavano e annusavano il loro profumo come se a malapena riuscissero a trattenersi. La situazione era molto peggio di quanto avesse previsto: se non avessero allontanato quelle ragazze, di lì a poco ci sarebbe stato un bagno di sangue. Probabilmente, fino a quel momento, la sola presenza di Sion aveva inibito i vampiri, impedendogli di balzare su quelle prede deliziose e indifese, ma Lux non aveva modo di sapere di quanto autocontrollo disponessero i seguaci di Sion, né di cosa avesse intenzione di fare lui. A dirla tutta, lei stessa non era riuscita ad evitare di sentire il fragrante profumo di quelle ragazze. Si era rifiutata di guardarle, riuscendo a camuffarlo come un gesto di disprezzo, ma percepiva la loro presenza. Tutto il suo essere pareva all'erta e vigile, percependo anche il più minimo cambiamento nella sezione della sala dove erano state ammassate. Doveva lasciare quel pianeta al più presto possibile. Da quando era su Nocturnu, il vampiro in lei stava cercando di sopraffare la parte ancora umana, tentando di farle perdere il controllo.

"Rames, Gizmo" chiamò allora Sion, distogliendo la sua mente da quelle elucubrazioni che continuavano a tormentarla. Lux spostò cautamente gli occhi su Sion, ormai preoccupata del fatto che il contatto visivo diretto potesse attivare quel potere assopito dentro di loro. Quella volta, però, sembrò rimanere immobile, perché i due riuscirono a guardarsi senza che accadesse nulla. Lux non sapeva cosa Sion volesse dirle con quello sguardo, ma lo sostenne caparbiamente una volta appurato che non c'era pericolo.

"Portatele nel seminterrato ovest" aggiunse il capo vampiro, diretto ai suoi sottoposti, mentre continuava a fissare Lux. "Rinchiudetele lì sotto e rimanete di guardia. Non voglio che nessuno entri senza il mio permesso. L'ultima cosa che vogliamo è che qualche testa calda non si sappia controllare e decida di usufruire del dono di Thor".

"Si, signore" i due risposero all'unisono, spostando in modo brusco i vampiri che circondavano le vergini, facendo poi loro segno di seguirli. Ordine che fu eseguito con riluttanza, quasi che le ragazze non riuscissero a credere di essere tanto fortunate.

"Tutti fuori di qui ora, tornate al lavoro andiamo!" tuonò Sion, facendo trapelare la propria impazienza solo attraverso la voce, ma rimanendo impassibile in volto, mentre continuava ad avere una sensazione quasi fisica di Lux. Sembrava che ci fosse in atto un dialogo silenzioso tra loro, fatto soltanto di sguardi, ma mentre gli occhi di Sion bruciavano e scintillavano per via dell'attrazione, nemmeno troppo segreta, che provava per la donna, quelli di Lux rispondevano a quegli sguardi con caparbietà, senza far trapelare nessuna emozione in particolare.

"Non posso rimandarle indietro" spiegò poi il vampiro quando furono soli, senza curarsi minimamente della presenza di Nathaniel e Nemesis, che si erano rifiutati di uscire con gli altri. Il gigante aveva preso posto in una delle comode poltrone, mentre Nathaniel era in piedi a poca distanza dalla sorella, osservandola con fare protettivo: non si fidava di quel vampiro, nonostante avesse evitato di esprimere a voce alta quei sentimenti. "C'è pur sempre un'etichetta da seguire e Thor potrebbe sfruttare questo mio rifiuto come pretesto per scatenare un altro attacco nei miei confronti".

"Quindi le gusterai dopo con più calma?" rispose Lux con sarcasmo, sollevando un sopracciglio con fare eloquente, senza tuttavia distogliere lo sguardo. Non sembrava accorgersi dell'effetto che quel vampiro aveva su di lei, o preferiva far finta di niente. "Magari come hai fatto con quel poveraccio quando siamo arrivati?"

"Per ora resteranno al sicuro nel seminterrato, con due dei miei vampiri più fidati a vegliare su di loro" rispose lui, per nulla turbato dal sarcasmo della donna. Anzi, se non altro sembrava guardarla con malcelata compassione. "Non possiamo rinnegare la nostra natura, Lux".

"Cosa vorresti dire?" gli chiese a quel punto lei, guardandolo con sospetto, come se si aspettasse qualche colpo basso da un momento all'altro. "Avresti potuto liberarle".

"Voglio dire che per quanto si possa combattere la sete e gli istinti che ci contraddistinguono, verranno sempre a galla. Si possono spingere giù con tutta la propria forza, per tentare di vivere una vita normale, ma non c'è modo di liberarsene" rispose il vampiro, sapendo che Lux aveva capito cosa volesse dire. Un sorriso divertito poi curvò le sue labbra, mostrando la punta dei canini che di solito rimaneva nascosta. Sembrava che lei stesse aspettando ancora una risposta alla sua assurda proposta.

"Liberarle? E dove potrebbero andare, secondo te? Qui sono salve soltanto perché i vampiri che abitano con me sanno che non esito ad uccidere, quando i miei ordini non vengono rispettati. Là fuori invece sarebbero alla mercé di tutti. Siamo su un pianeta interamente popolato da vampiri Lux, te ne sei forse dimenticata?"

"Stai soltanto aspettando" intervenne Nemesis, lo stesso sorriso divertito sulle labbra, spegnendo sul nascere qualsiasi protesta proveniente da Lux. Stava guardando Sion con l'aria del gatto che ha finalmente intrappolato il topo, le possenti braccia incrociate sul petto e i modi di chi non rispetta nessun tipo di autorità. Era infatti seduto sulla poltrona con le gambe allungate ed aperte davanti a sé e l'aria scomposta. Ci fosse stato un tavolino non avrebbe probabilmente esitato a poggiarvi sopra i piedi. "Pensi che Thor possa aver inviato un dono avvelenato per toglierti di mezzo in modo pulito e quindi non bevi il loro sangue perché non ti fidi di lui".

"Sei esperto di questo tipo di vigliaccherie, Nemesis?" gli chiese allora Sion, estremamente divertito, distogliendo per la prima volta gli occhi da Lux per posarli sul gigante. "Qui non si combatte così. Il nemico che vince subdolamente non verrebbe riconosciuto dai vampiri quale capo supremo. Quindi no, mi dispiace deluderti, ma non ho paura che il loro sangue sia corrotto".

"È un ottimo piano invece" ribatté Nemesis, per niente turbato. "E non venire a dirmi che non esiteresti a usare la violenza, nel caso non tutti ti accettassero come capo. Non mi sembri tipo da farsi certi scrupoli".

Una risata allora eruppe dalle labbra del vampiro, che gettò la testa all'indietro e mostrò finalmente le zanne nella loro interezza. Sembrava sinceramente divertito dalle affermazioni del gigante. "No, non lo sono, hai visto giusto. Ma ho promesso al vostro Governo Centrale che giocherò secondo le regole e ho intenzione di farlo. Cercherò di spedire quelle ragazze su un pianeta vicino al più presto, così non dovrò rimandarle a Thor e non sarò costretto ad uccidere vampiri impazziti per via dell'odore di quel sangue. Semplice è non violento, che te ne pare Nemesis?"

Alla vista delle zanne di Sion, Lux si era estraniata. Le aveva fissate con orrore, come se non le avesse mai viste prima. Sembravano quasi un errore, su quel viso angelico. Un madornale errore di qualche pittore, che con qualche tocco in più aveva fatto sì che il cherubino si trasformasse in una belva feroce, il bel viso trasfigurato fino a diventare una maschera dell'orrore.

La mente allora corse veloce, fino al giorno del suo risveglio nei laboratori finanziati dal Governo Centrale. Ricordi indesiderati le affollarono la mente, proiettandola in un altro tempo, mentre i suoi compagni continuavano a conversare con Sion.

Il ritmico bip proveniente dai macchinari era l'unica cosa che riusciva a sentire. Non sapeva dove si trovava, né cosa era successo prima che si addormentasse. Ricordava la battaglia contro il vampiro multiforme, contro il quale il Governo Centrale li aveva mandati. I proiettili che gli erano stati dati e che avrebbero dovuto causare un'esplosione interna in grado di ucciderlo in pochissimi istanti, non avevano avuto alcun effetto su quell'essere. Nathaniel era stato scaraventato contro un muro, battendo la testa e scivolando nell'incoscienza quasi istantaneamente. Nemesis aveva resistito di più, lottando corpo a corpo con quel vampiro che sembrava rigenerarsi di continuo, inglobando i proiettili che gli venivano sparati senza accusare i colpi. Il sangue non era mai sgorgato e i buchi aperti dai proiettili si richiudevano rapidamente, come se il suo corpo riuscisse ad assimilare il metallo e a rigenerare i propri tessuti ad una velocità impressionante. Quando Nemesis era caduto, colpito anch'egli alla testa da un pugno, Lux si era fatta avanti. Era riuscita a ricaricare due pistole automatiche e gli stava scaricando contro tutti e due i caricatori, convinta del fatto che sarebbe riuscita ad abbatterlo e contando sulla quantità e sulla velocità. Una cosa era inglobare uno o due proiettili, un'altra ingoiarne una scarica del genere e rigenerare il proprio corpo quasi per intero. Nessun vampiro era tanto forte. Nessuno.

Il nemico rise allora. La guardò con aria di scherno, mentre la propria pelle rigettava i proiettili, ormai ridotti a semplici pezzi di metallo, lasciandoli cadere al suolo come se non gli avessero fatto niente. Il rumore sordo che fecero quando toccarono il pavimento l'aveva perseguitata anche durante il sonno, per un certo periodo di tempo. L'ultima cosa che ricordava era la velocità impressionante alla quale le era balzato addosso: la prima cosa che aveva fatto era spezzarle i polsi, per stroncare alla base ogni tentativo di ribellione. Ricordava il dolore. Oh, sì, certo che lo ricordava. Acuto e lancinante, le aveva fatto lanciare un urlo stridulo con una voce che non sembrava appartenerle. Quando le ossa si erano spezzate tutto era diventato bianco e per un brevissimo istante non aveva sentito niente. Poi il dolore pulsante era scoppiato all'improvviso, dipanandosi per tutto il corpo e assalendola fino a portarla sull'orlo della follia. A quel punto aveva perso conoscenza e si era risvegliata, in quella che sembrava la stanza di una costosa clinica.

Macchinari sconosciuti circondavano il suo letto. Alcuni aghi le erano stati infilati nelle mani. Sembravano elettrodi che emanavano elettricità a basso voltaggio, perché le davano l'impressione di vibrare. Erano collegati a dei fili che terminavano in alcuni dei macchinari, ma Lux non aveva idea di cosa fossero. Non credeva di essere mai stata lì dentro. Voleva riuscire a preoccuparsi, per se stessa e per gli altri, ma non ci riusciva. Forse era stata drogata. I pensieri le giungevano quasi ovattati e non riusciva a concentrarsi su niente di preciso. Il fatto che suo fratello e il loro compagno di squadra erano probabilmente morti non riuscì a procurarle più che un aggrottamento delle sopracciglia. Era un concetto troppo difficile, col quale non aveva nessuna voglia di confrontarsi in quel momento. Magari dopo un po' di sonno, allora forse sarebbe riuscita a pensare con più lucidità. Il materasso era morbido e invitante e gli occhi le si chiusero un paio di volte, riaprendosi ogni volta con più lentezza. Sonno. Aveva tanto sonno.

"Lux? Lux riesce a sentirmi?" una voce la fece sobbalzare. Aprì gli occhi lentamente, le sembrava che le palpebre pesassero una tonnellata, ma alla fine ci riuscì. Quello di fronte a lei era un medico, a giudicare dall'aspetto. Vestiva un camice bianco e al petto portava un cartellino che però i suoi occhi stanchi non riuscirono a leggere.

"Cosa?" gracchiò lei, svogliatamente, in un vano tentativo di zittirlo, per poter tornare a dormire.

"Lux è importante che lei capisca quanto sto per dirle" continuò il medico, giudicando più sicuro informarla della sua situazione quando era sedata. "Quando l'hanno portata qui era in fin di vita. Riportava ferite multiple sul corpo e in alcuni punti sembrava quasi che qualcuno l'avesse presa a morsi, staccandole dei brani di carne come una fiera farebbe con la propria preda. Dai piani alti ci è arrivata l'autorizzazione a procedere con l'unico metodo che conoscevamo per

poterla salvare". Al medico poco importava se Lux stava afferrando il significato delle proprie parole o anche se era abbastanza sveglia da rendersi conto di chi fosse lui. Avrebbe elaborato il tutto durante il sonno e poi al suo risveglio lui sarebbe stato abbastanza lontano da non doverla affrontare. Non voleva rischiare la pelle per una decisione che aveva preso qualcun altro. "Abbiamo modificato il suo DNA, incrociandolo con quello di un vampiro. Le abbiamo iniettato massicce dosi di sangue di vampiro depotenziato e le abbiamo trapiantato organi nuovi al posto di quelli collassati in seguito all'attacco del quale è stata vittima. È purtroppo un tipo di procedura che genera effetti differenti a seconda del paziente, quindi non possiamo ancora stabilire cosa le succederà da questo momento in poi. Sappiamo che l'incrocio ha avuto successo perché le ferite sul suo corpo si sono richiuse in breve tempo e tutti gli apparati si sono rigenerati da soli, accettando gli organi trapiantati senza nessun problema. Ora, però, dovrà essere nostra ospite ancora per un po', in quanto vorremmo monitorare il suo cambiamento. Potrebbe essere un importante traguardo scientifico in grado di salvare molte vite, lo sa?"

Sbattendo un po' le palpebre con aria stralunata, Lux strinse gli occhi, come se non riuscisse più a mettere a fuoco il medico. Parlava decisamente troppo e lei aveva sonno. Le sue parole continuavano a ronzarle nella testa ma suonavano vuote e non sapeva cosa dirgli. Cosa volevano da lei?

"Via... và via" mugugnò alla fine, muovendo debolmente la mano per scacciarlo e poi facendola ricadere pesantemente sul materasso. Quel dannato medico le avrebbe fatto venire un atroce mal di testa.

"Certamente, la lascerò riposare allora" le rispose il medico con un sorriso smagliante, felice di potersene andare. Aveva fatto il proprio dovere, no? Poco importava se la paziente non aveva capito niente di quello che le aveva detto, non era certo colpa sua se qualcuno aveva esagerato con i tranquillanti.

"Buonanotte, Lux. E sogni d'oro".

Detto questo e dopo un altro sorriso che Lux trovò odioso, si voltò e finalmente uscì dalla stanza, lasciandola di nuovo sola. Uno dei macchinari emise un ronzio più accentuato per qualche minuto e lei si sforzò di focalizzare la propria attenzione su quello, senza però sapere cosa diamine significasse, poi smise. E, così come si era svegliata, Lux chiuse gli occhi, sprofondando in un sonno buio e senza sogni, mentre il suo corpo si trasformava e nuovo sangue entrava in circolo, cambiandole la vita così come l'aveva conosciuta fino a quel momento.

CAPITOLO 8

Il servitore che lo stava aiutando a vestirsi faceva di tutto per evitare di toccare direttamente il suo corpo, come se avesse paura di scottarsi. Si trattava di un vampiro umile, arrivato su Nocturnu con tante speranze e la sicurezza che avrebbe finalmente trovato una casa. Per la loro razza, quel paese rappresentava il sogno più bello: un posto popolato interamente da vampiri, dove non si era discriminati e dove il sole non sorgeva mai. Una volta arrivato a destinazione, investendo tutti i suoi risparmi nel viaggio intergalattico, il vampiro si era reso conto che tutti i bei sogni sono destinati ad infrangersi. Nocturnu era un paese popolato interamente da vampiri, certo, ma anche dilaniato da una guerra civile che lasciava poco scampo a chi voleva restare neutrale. Si era quindi offerto a Sion come servitore, deciso a scegliere il male minore e spaventato dalle voci che correvano su Thor, bollato da molti come crudele e ingiusto tiranno.

Sion però lo spaventava, benché non potesse realmente lamentarsi di lui, essendo stato sempre trattato meglio del previsto. In giorni come quello, quando si chiudeva in se stesso, aveva sempre paura di contrariarlo, non essendo sicuro di quello che gli sarebbe stato fatto in caso fosse stato colto in fallo.

Sion, dal canto suo, sembrava non accorgersi di niente, talmente abituato al timore reverenziale che gli mostrava la gente da esserci abituato. Ripensava alla decisione presa insieme ai membri della task-force solo qualche ora prima. Una parte di sé era ancora sorpresa dal fatto che avesse accettato il loro aiuto, fino a farsi convincere a prendere parte al piano, nonostante non fosse affatto sicuro del buon esito dello stesso. L'altra, quella che aveva preso il sopravvento invece, si rendeva conto della necessità di cedere, per assicurarsi il sostegno del Governo Centrale.

Dopo una riunione alquanto accesa con i membri della task-force, aveva quindi acconsentito ad invitare Thor per un banchetto che si sarebbe tenuto nella sala delle feste nel suo palazzo. Lux era sembrata quasi assente per lunghi momenti e nemmeno lui, che di solito riusciva a percepire la sua presenza nella sua mente, aveva potuto penetrare quella specie di corazza che si era cucita addosso. Sion si era trovato più volte a chiedersi a cosa stesse pensando, sorprendendo persino se stesso. Era raro, per lui, preoccuparsi per qualcun altro, soprattutto se si trattava di donne. Aveva degli obiettivi e per cercare di raggiungerli era stato costretto a dimenticare tutto il resto. Non gli era mai importato molto, fino a quando quella strana donna, mezza umana e mezza vampiro, aveva fatto il suo ingresso nel palazzo. Anche in quel momento, nonostante fosse preoccupato per l'incontro con il suo acerrimo nemico, non riusciva a smettere di chiedersi come mai i loro poteri reagivano in quel modo tanto potente quando entravano in contatto. Doveva esserci qualcosa che li sollecitava, perché non sempre, quando i loro occhi entravano in contatto, i poteri si attivavano. Sion non era capace di gestire qualunque tipo di rapporto interpersonale, e di conseguenza non avrebbe mai potuto darsi una risposta: non aveva abbastanza esperienza in materia per poter analizzare la questione obbiettivamente.

"Donne" mormorò tra sé e sé con disprezzo, scuotendo la testa, quando fu lasciato finalmente solo dal suo servitore personale. Doveva concentrarsi sulla guerra a Thor e, invece, per via di una donna, stava pensando a tutt'altro. No, non poteva continuare così se voleva uscirne vittorioso.

In linea con l'arredamento del palazzo, Sion aveva deciso di indossare abiti dal taglio antico, cuciti apposta per lui. Disponeva di un enorme guardaroba, pieno zeppo di indumenti e calzature: era un edonista e in quanto tale pretendeva che tutto fosse sempre bello ai suoi occhi. La trascuratezza era un peccato che raramente perdonava. Indossava una camicia bianca, aperta quel tanto che bastava a mostrare il petto glabro e scolpito, dalle maniche ampie a sbalzo, che arrivavano a coprirgli le mani quasi per intero. Aveva poi scelto un paio di pantaloni aderentissimi in pelle nera, abbinati ad un paio di stivali alti fin sopra il ginocchio. Il risultato era che, vestito a quel modo, pareva essere appena uscito da un quadro di un pittore. Cherubino, così l'avevano chiamato qualche volta coloro che, come lui, apprezzavano l'antica storia del mondo che fu. Angelo caduto, così si vedeva lui invece. Ammaliava tutti quelli che fluttuavano intorno a lui, per approfittare di loro al primo momento propizio.

Aveva chiesto a Lux di accompagnarlo al banchetto in onore di Thor. Se quel bastardo voleva fingere di essere un suo vecchio amico, anziché acerrimo nemico, gli avrebbero reso pan per focaccia. Non era sicuro che invitarlo al palazzo fosse una buona idea, ma aveva senso, dopo il suo dono inaspettato. Inoltre, la presenza dei membri della task-force in un certo senso lo tutelava: Thor non avrebbe rischiato d'inimicarsi il Governo Centrale così apertamente. La scelta di un'accompagnatrice era ricaduta subito su Lux. Sion preferiva ripetersi che le aveva chiesto di scortarla solo e unicamente perché se fosse stato necessario, avrebbero potuto cercare di attivare il nuovo potere che condividevano. Visto che non sapevano ancora come funzionava quello strano processo, tanto valeva averla vicina in caso avessero dovuto tentare il tutto per tutto. Il fatto che dentro di sé era contento e orgoglioso che lei avesse accettato, per motivi di certo ben diversi, era totalmente irrilevante. Dopotutto era solo una donna, facilmente rimpiazzabile con un'altra.

Mentre dabbasso i suoi uomini si assicuravano che fosse tutto pronto, Sion si diresse con passo spedito verso la stanza assegnata a Lux. Si era raccomandato con tutti e tre i membri della task-force di cercare di schermare i propri pensieri, se volevano davvero far credere a Thor che le vergini che gli erano state inviate in regalo erano state già divorate. In realtà le ragazze erano state spostate su una navetta che sarebbe partita durante il banchetto, quando Thor sarebbe stato troppo occupato a cercare di toglierlo di mezzo per preoccuparsi di un'innocua navicella che lasciava il pianeta. Il Governo Centrale, informato dell'accaduto, aveva offerto un rifugio sicuro dove ospitare le fanciulle e questa volta Sion si era assicurato di non avere nessuna falla nel proprio sistema: un vampiro massacrato davanti ai suoi compagni valeva più di mille parole.

Quando Lux aprì la porta della propria stanza, Sion allargò gli occhi dalla sorpresa. Sembrava quasi impossibile che la donna davanti a lui fosse la stessa guerriera che aveva più volte sfidato la sua autorità in pubblico. Certo, si conciliava di più con quella che aveva trovato riversa al suolo vestita solo di una microscopica vestaglia, ma non aveva creduto di poter essere tanto fortunato da rivedere quel lato di Lux. Dentro di lei vivevano due donne completamente diverse: una era fredda e uccideva senza pietà, l'altra era sospettosa, ma esprimeva la propria femminilità quasi con orgoglio e sorrideva molto più spesso.

"Non sono sicura che sia una buona idea" esordì lei, nel vedere quella strana espressione sul volto di Sion. Era già abbastanza imbarazzante indossare quel vestito di taglio medievale, decisamente troppo scollato per i suoi gusti, senza dover anche sopportare lo scherno di Sion.

"Non ho mai visto donna più bella" rispose Sion, sfoderando la galanteria che lo contraddistingueva. Il rosso rubino del vestito, intarsiato con piccoli fiori in cristallo, s'intonava perfettamente con gli occhi di Lux. Per tenere in ordine i capelli, le era stato fatto indossare un cerchietto impreziosito dagli stessi fiori cuciti sul vestito. Convincerla a tenerlo era stata una dura battaglia, ma alla fine le sarte del master l'avevano convinta. Sion si disse mentalmente che avrebbe dovuto complimentarsi con loro quanto prima.

"Cerca soltanto di rilassarti, altrimenti Thor si accorgerà subito che è tutta una messinscena" aggiunse Sion, notando l'espressione ancora contrariata sul suo viso. Anche quello era strano per lui. Di solito quando iniziava a sussurrare frasi del genere le donne si lasciavano andare, donandogli tutta la felicità possibile e permettendogli di succhiare il loro sangue come se fossero loro a goderne. Lux invece l'aveva guardato con sospetto, temendo di essere presa in giro. Una donna decisamente complicata, componente peraltro che infittiva il mistero: perché si sentiva attratto da lei?

"Farò del mio meglio, non preoccuparti" rispose Lux, inspirando profondamente e poi lasciando uscire l'aria con lentezza, quasi che volesse liberarsi anche di tutti i dubbi che l'attanagliavano. Non era nuova a quelle messinscene. Essendo una donna molti tendevano a sottovalutarla se non portava le sue armi, mentre una grossa fetta della popolazione maschile generalmente dimenticava tutto o quasi quando era in sua compagnia. Tutto ciò la rendeva un'ottima spia, capace di reperire informazioni spesso molto interessanti: Nemesis o Nathaniel sarebbero stati visti con sospetto, ma pochi avrebbero dubitato di una bella donna. Non c'era dunque motivo di sentirsi così nervosi. Si trattava della solita tiritera: sorridere, cercare di mostrare le proprie curve quanto più possibile e, nel frattempo, tenere gli occhi aperti per non lasciarsi sfuggire nemmeno il più insignificante dettaglio.

Un momento dopo, Lux sfoderò un sorriso smagliante, prendendo il braccio di Sion con leggerezza. Non sarebbe stato difficile fingere, con un vampiro di una tale bellezza, ma lei avrebbe tenuto quel dettaglio per sé. Era solo una messinscena, non una cena romantica. Avrebbero tentato di capire cosa stesse tramando Thor e poi sarebbe potuta tornare a indossare i soliti abiti, rifugiandosi nella familiarità che la faceva sentire protetta e al sicuro.

"Andiamo allora. Non vorrai far attendere i tuoi ospiti, vero?"

"No, anche se devo confessare che non mi sarebbe dispiaciuto trattenermi ancora un po' qui con te" rispose lui, con fare divertito, avviandosi poi verso la grande sala da ballo e ringraziando mentalmente due guardie che erano arrivate per scortarli, prevenendo una qualsiasi risposta di lux. Sion poteva quasi sentirla arrovellarsi il cervello per cercare di capire se stesse scherzando e cos'avesse voluto dire. Dovette trattenersi dal ridacchiare apertamente. Quella donna era decisamente troppo complicata.

Nella sala allestita appositamente per il banchetto c'era un lungo tavolo che avrebbe potuto ospitare comodamente una ventina di commensali, ma che quella sera ne avrebbe visti soltanto sei. Thor era infatti accompagnato solo dal suo secondo, Laris, e Sion aveva permesso soltanto ai membri della task force di sedere con loro. Gli spazi si erano quindi dilatati, rendendo l'atmosfera ancora più surreale. Thor e Sion sedevano alle due estremità del lungo tavolo, guardandosi e sorridendo amabilmente come se fosse normale per loro banchettare insieme. Lux era stata posizionata vicino a Sion, il quale si era giustificato con il nemico dicendo che voleva poterla guardare negli occhi durante la cena. Chi avrebbe mai potuto dire che non si trattava di una bellissima donna?

Accanto a lei, ma più distante, si era seduto Laris, che sembrava imperturbabile e aveva sorriso di rado da quando era entrato nel palazzo di Sion. Al lato opposto del tavolo si erano sistemati Nathaniel e Nemesis. Se Nathaniel risultava estremamente affascinante nel suo completo molto simile a quello di Sion, benché la sua camicia fosse di un verde scuro invece che bianca, il gigante sembrava goffo e impacciato. Abituato com'era a vestire solo abiti da combattimento, non riusciva a rilassarsi nei pantaloni dal taglio classico e nella camicia rosso sangue in pura seta che Sion gli aveva chiesto di indossare. Sedeva rigidamente sulla sedia, come temendo che le cuciture dei suoi abiti potessero cedere da un momento all'altro: sin da quando li aveva indossati sognava di poter tornare al suo solito abbigliamento comodo. Aveva cercato di sorridere, ma come Laris rimaneva fondamentalmente impassibile, nonostante dentro di sé si stesse chiedendo perché avesse acconsentito a prendere parte a quella buffonata.

"Sangue di ottima qualità" stava dicendo Sion, discorrendo amichevolmente con Thor del dono che gli aveva mandato. "Mi è capitato di rado poterne assaggiare di così buoni. Ti ringrazio profondamente".

"Troppo gentile, Sion" rispose Thor con falsa modestia, allargando ancora di più il proprio sorriso smagliante, fino a mostrare le zanne. Lux, nell'osservarlo, si chiese se avesse intenzione di aprirsi il viso a metà pur sfoderare un sorriso ancora più largo. Lei, d'altro canto, aveva lanciato più di una volta occhiate ammiccanti a Sion, nel tentativo, perfettamente riuscito, di far credere a Thor che ci fosse qualcosa tra loro e che quindi lei non rappresentava una minaccia. In un paio di occasioni, lo stesso Sion le aveva preso una mano, baciandole le dita e guardandola profondamente negli occhi. Una volta si era addirittura spinto ad accarezzarle una spalla lasciata scoperta dall'ampio scollo del vestito. In quel caso, però, Lux si era sporta a sussurrargli qualcosa all'orecchio. Ad un occhio esterno era sembrato un semplice scambio di battute tra amanti: lei aveva continuato a sorridere e poi, una volta allontanatasi, aveva abbassato lo sguardo sul piatto con l'aria di chi la sa lunga. Sion invece era scoppiato a ridere e aveva guardato Thor con l'aria soddisfatta del maschio che sa di avere conquistato una preda ambita.

"Fallo di nuovo e ti uccido" gli aveva invece sussurrato Lux, nonostante la sua interpretazione fosse stata degna di un'attrice consumata. Detestava essere toccata e non si sentiva a suo agio con Sion che si lanciava in quel tipo di effusioni tanto spinte. Aveva accettato di recitare la parte della donna sedotta dal fascino e dal potere di Sion, non di portarselo a letto.

"Spero che questo banchetto sia un ringraziamento sufficiente per il tuo dono" ribatté Sion, battendo le mani e dando così l'ordine ai servitori di iniziare a portare il cibo in tavola. Agli umani, Lux inclusa, furono portati vassoi con carne arrostita e contorni di verdure, pietanze costosissime su Nocturnu. Nathaniel aveva sbirciato in una delle ciotole servite ai vampiri e si era subito pentito di averlo fatto. Gli era passata la fame.

Ai vampiri era infatti stata servita una poltiglia sanguinolenta nella quale galleggiavano dei pezzi di carne, sulla cui provenienza Nathaniel non voleva indagare: sospettava infatti fossero umani. Dal modo in cui gustavano il loro pasto dedusse che doveva essere di ottima qualità. Era probabilmente una versione più pulita ed educata di banchettare, nella speranza di non turbare troppo gli emissari del Governo Centrale. Aveva infatti sentito racconti di banchetti durante i quali le vittime venivano uccise al momento e squartate da branchi di vampiri affamati che di solito si fermavano solo quando avevano divorato tutto quello che era commestibile. Fu mentalmente grato per quella forma di banchetto diluita: era abituato a ogni tipo di carneficina, ma l'idea di un pasto di quel genere lo disgustava.

"È già un onore essere qui in casa tua per me, sono io che dovrei ringraziarti" rispose Thor, mentre Nemesis alzò gli occhi a guardarlo. Prima di riabbassarli gli lanciò un'occhiata contrariata. Per quanto ancora sarebbero andati avanti con quei melensi convenevoli? Era ridicolo, erano tutti al corrente della rivalità che c'era tra loro, perché continuare a fingere? Probabilmente Thor stava cercando di far credere agli inviati del Governo Centrale che non era poi così cattivo come si pensava, ma tutti quegli sforzi non avevano altro risultato che insospettire Nemesis. Cosa c'era sotto?

Lux intanto sembrava attenta a seguire la pigra conversazione infarcita di complimenti reciproci che si trascinava lentamente tra Sion e Thor. Sembrava un po' stupida, ma in realtà stava registrando mentalmente ogni dettaglio. Si stava già chiedendo da un pezzo quali fossero le reali intenzioni di quei due master, ma non era riuscita ancora a darsi una risposta. Non si fidava nemmeno di Sion: attaccare Thor in casa sua e togliere di mezzo l'unico ostacolo nella sua corsa al potere poteva essere un bel colpo. E perché Thor aveva accettato di entrare nell'antro del nemico? Era troppo sicuro di sé, come se non temesse niente. Perché?

Ad un tratto, Nemesis lasciò cadere la sua forchetta sul pavimento. Lux alzò gli occhi per controllare cosa fosse successo e strinse involontariamente le mani a pugno. Che gli aveva preso?

Mentre era impegnato a conversare amabilmente con Sion, Thor era riuscito ad entrare nella mente di Nemesis, prendendone il controllo. Avrebbe potuto lanciare il gigante contro di loro, ma Lux sospettava che gli ci sarebbe voluta una concentrazione maggiore per soggiogare completamente il suo compagno. Si era quindi limitato a renderlo inerme, privo di espressione e di una volontà sua. Nemesis ora giaceva sulla sedia, gli occhi fissi davanti a sé e le mani abbandonate ai lati della sedia. Un rumore analogo fece voltare Lux di scatto e la rabbia cominciò a montarle dentro quando vide che lo stesso trattamento era stato riservato a suo fratello Nathaniel.

Thor stava quindi osservando la scena con un sorriso divertito e il suo volto non cambiò espressione nemmeno quando con la mente ordinò alle porte di chiudersi, bloccando le guardie di Sion all'esterno, come se non gli fosse costato poi tanta fatica.

"Siamo soli adesso" disse a quel punto il vampiro master, spostando gli occhi da Sion a Lux. "Potrei soggiogare anche lei, ma visto che non ho nessuna intenzione di fare a meno di Laris, mi sembra giusto che anche tu ti tenga la tua amichetta".

"Che gentile" rispose Sion, a denti stretti, benché sul suo volto vi fosse dipinto ancora uno smagliante sorriso. Quasi senza accorgersene, aveva preso la mano di Lux, come a cercare un sostegno. Dall'esterno le sue guardie stavano tentando di sfondare le porte di accesso, bloccate dal potere della mente di Thor. Ecco quindi spiegato il motivo per cui aveva accettato così in fretta di prendere parte al banchetto. Peccato però che la presunzione di poter distruggere il proprio nemico in casa sua, in evidente inferiorità numerica, contando solo sul proprio potere, l'aveva messo in una situazione pericolosa.

L'ultima volta era stato il sangue ad aumentare quella sensazione strana che risvegliava il suo potere e quello di Lux. Prima quindi che Thor potesse tentare un qualsiasi attacco, Sion strattonò la mano della donna per catturare la sua attenzione. A quel punto prese la scodella ricolma di sangue che gli era stata portata poco prima e cominciò a berne avidamente, guardandola dritto negli occhi. Di solito non ne sprecava nemmeno una goccia, ma quando aveva sgozzato quello schiavo si era sporcato di proposito e la vista del sangue aveva richiamato il vampiro in Lux. Avrebbe dovuto tentare di nuovo. Quando lasciò cadere la scodella sul tavolo, i suoi occhi si fecero più scuri e le sue labbra e il mento si imbrattarono di sangue. Riuscì quasi a percepire il cambiamento in Lux, perché si era già aperto quello speciale canale tra di loro. Aveva fiutato il sangue e la vista di quello che aveva fatto l'aveva evidentemente eccitata. Quando c'era di mezzo il cibo, sembrava quasi che lei riuscisse a mettere da parte le inibizioni che di solito la bloccavano, permettendo a se stessa di lasciarsi andare alle sensazioni e a quella parte animalesca di sé che continuava strenuamente a rinnegare.

Con la coda dell'occhio, Sion notò che qualcosa stava succedendo all'altra estremità del tavolo. La brezza che gli scompigliò i capelli fu la conferma di quanto aveva immaginato: qualcosa di molto simile stava avvenendo tra Thor e Laris. Che il suo acerrimo nemico avesse attinto per tutto il tempo al potere del suo secondo per i suoi giochetti di prestigio?

Focalizzando di nuovo l'attenzione su Lux, Sion le parlò nella mente e questa volta, grazie anche al sangue e al fatto che la donna sembrava non voler pensare poi troppo, riuscì a farlo.

"Convoglia il potere che senti muovere dentro di te, come se fosse un'unica palla di fuoco", le ordinò.

Lui stesso stava facendo quello che le aveva appena detto. Sembrava che, da quando si era riattivato quello strano legame con Lux, dentro di sé si fosse creato un vortice di potere, quasi che fosse un nuovo muscolo nel suo corpo che si tendeva e si dimenava come una belva in gabbia, in attesa di essere liberato. Chiudendo gli occhi per un attimo, Sion si concentrò nel creare una grossa sfera di potere. L'immagine mentale era talmente vivida che quasi se la vide davanti anche quando aprì di nuovo gli occhi, cercando quelli di Lux.

"*Lanciala contro di loro*" le disse ancora, voltandosi di scatto verso Thor e Laris. Il secondo aveva gli occhi, dai quali le iridi erano completamente scomparse, spalancati e la bocca serrata in un'unica linea sottile. Thor gli stringeva una spalla con violenza e aveva il volto quasi trasfigurato dallo sforzo nel cercare di attingere quanta più energia possibile da Laris.

A colpirli furono non una, ma due sfere di potere: sia Lux che Sion avevano lanciato la propria, non essendo ancora capaci di unificarle. Thor e Laris vennero scaraventati contro il muro con una violenza inaudita e subito dopo le porte si spalancarono all'improvviso, come se il vampiro non avesse più forza abbastanza da tenerle bloccate.

Le guardie di Sion sciamarono all'interno, mentre il loro capo vampiro si alzò a sua volta, sempre tenendo stretta la mano di Lux. Poteva ancora servirgli.

"Credi che sia così facile uccidermi?" gli disse a fatica Thor, lanciandogli uno sguardo carico d'odio e tentando ancora di sorridere, nonostante tutto. Laris era accasciato poco distante ed aveva evidentemente perso conoscenza. Le guardie che si erano precipitate all'interno avevano circondato il nemico, senza però avvicinarsi troppo, per non essere coinvolti in quel conflitto nel quale non avrebbero potuto aiutare Sion.

Thor balzò accanto a Laris, dimostrando a Sion che, nonostante fosse stato colpito, non era ancora sconfitto. Posò una mano sul cuore del suo secondo e in un momento attinse quanto più potere possibile, rischiando di ucciderlo. L'ultima cosa che sentirono, prima che entrambi sparissero fu la sua risata sprezzante.

"Si è teletrasportato..." Sion disse tra sé e sé, ancora incredulo. Era stato a un passo dall'uccidere il suo nemico di sempre e se l'era fatto sfuggire.

"Si è teletrasportato, dannazione!" gridò poi, battendo con violenza un pugno sul tavolo e totalmente dimentico sia di Lux che degli altri due che avevano appena incominciato a svegliarsi dalla trance causata da Thor.

CAPITOLO 9

Era una notte fredda e umida. L'oscurità sembrava avvolgere ogni cosa come una coperta della quale non ci si poteva liberare: a Nocturnu non splendeva mai il sole. Il palazzo di Sion era più silenzioso del solito. I vampiri non facevano rumore, avvalendosi di questa dote letale per avventarsi su vittime inconsapevoli e nutrirsi del loro sangue caldo. Nelle guardiole sparse lungo tutto il perimetro del palazzo i vampiri che facevano la guardia erano quasi invisibili, ma scrutavano coi loro occhi da gatto, vigili e attenti anche nell'oscurità, le zone circostanti per assicurarsi che Thor o qualcuno dei suoi servitori non tornassero all'attacco. Tutti gli altri si erano ritirati nelle proprie camere, qualcuno bisognoso di passare un po' di tempo da solo, qualcun altro troppo esausto dopo gli avvenimenti di quella lunga giornata.

Lux aveva letto della vecchia letteratura in materia, poco dopo che le avevano comunicato che il suo DNA era stato incrociato con quello di un vampiro. Un traballante tentativo di far pace con quello che stava per diventare, il suo. Si era quindi sorpresa a scuotere la testa con fare divertito nello scoprire che nell'antichità si credeva che i vampiri riposassero in casse da morto. Certo, ai vecchi tempi avrebbero potuto certamente farlo, ma in casi estremi, se non volevano farsi cogliere impreparati dagli inclementi raggi solari che ne avrebbero bruciato la sensibilissima pelle. Sapeva, ora, che i vampiri dormivano in camere del tutto normali, su letti identici a quelli degli esseri umani. L'unico accorgimento che adottavano era quello di sistemarsi in stanze senza finestre e con porte appositamente studiate che sigillavano ogni spiraglio per non permettere alla luce solare di filtrare. Una volta ritiratisi per dormire, i vampiri in genere bloccavano la porta dall'interno per non permettere a nessuno di entrare mentre dormivano. Lo sapeva benissimo: quante porte aveva dovuto buttare giù Nemesis durante le loro uccisioni mirate programmate dal Governo Centrale? Moltissime. A volte sentiva ancora una fitta di rimorso quando pensava a quei cadaveri che in sé avevano ancora un barlume di vita che, al calar delle tenebre, gli permetteva di muoversi, parlare e ragionare come se avessero dimenticato di essere morti. Alcuni si svegliavano, inevitabilmente, e venivano tramortiti puntualmente dal gigante con un pugno sulla testa, prima di essere trascinati alla luce del giorno e lasciati a morire. Nei suoi incubi peggiori, Lux sognava di essere uccisa allo stesso modo, proprio dai membri della sua task-force. La luce solare non le causava problemi, ma gli scienziati non sapevano ancora dirle se il processo di cambiamento sarebbe continuato, oppure no. E se fosse degenerato? Avrebbe potuto diventare un vampiro a tutti gli effetti, e la cosa la terrorizzava.

Incapace di riposare, Lux aveva infilato un paio di cargo e una maglietta, completando il quadro con stivali e i due inseparabili pugnali. Meglio essere sempre prudenti.

Nemesis si era ritirato in camera sua, in compagnia di una splendida donna vampiro della compagnia di Sion. Lux l'aveva intravisto con la coda dell'occhio, prima di tornare in camera sua, solo qualche ora prima. Grande e grosso com'era, Nemesis, che la cingeva con un braccio, sembrava quasi grottesco in compagnia di un esemplare di vampiro tra i più belli che Lux avesse mai visto: alta, slanciata e con tutte le curve al posto giusto. Quella donna vampiro avrebbe potuto essere il sogno proibito di almeno la metà della popolazione maschile della galassia. Ancora una volta si era chiesta cosa potessero trovare le donne in Nemesis, che, nonostante avesse dei lineamenti interessanti, avrebbe potuto incutere timore nei più coraggiosi. Solo la sua stazza scoraggiava in genere qualsiasi protesta. Le sue mani erano a dir poco enormi: non avevano paura che avrebbe potuto ucciderle in qualsiasi momento? O forse, molto più probabilmente, il pericolo faceva parte del loro gioco e serviva ad alimentare quella passione che nel gigante non sembrava assopirsi mai.

Nathaniel, più semplicemente, le aveva detto di voler leggere un libro accoccolato davanti al camino e poi di voler cercare di recuperare un po' del sonno perduto nei giorni precedenti. Lux lo aveva guardato con fare scettico, ma non aveva aggiunto altro: se il fratello voleva trascorrere un po' di tempo da solo, non lo avrebbe di certo infastidito.

La parte del palazzo di Sion impropriamente definita "i giardini" era costituita da una serie di aiuole e da un dedalo di strette viuzze illuminate da faretti posti lungo il percorso, con una luce morbida e soffusa. Non essendoci sole, le uniche piante che crescevano erano una specie di giunchiglia sempreverde e grossi cespugli che qualche giardiniere aveva meticolosamente tagliuzzato fino a fargli prendere forme più o meno complesse. I grossi alberi sembravano provenire da altri pianeti. Probabilmente resistevano alle condizioni climatiche di Nocturnu per via di qualche intricato sistema di riscaldamento sotterraneo, oppure perché si trattava di specie selezionate e abituate alle condizioni più estreme. Lux non ci era mai stata prima, ma aveva intravisto quegli strani giardini dalle grosse porte-finestre di una delle tante salette del palazzo principale. Durante la sua scappatella notturna si era meravigliata di trovarle aperte: evidentemente Sion doveva fidarsi molto delle sentinelle di guardia al perimetro.

Una volta all'esterno, la donna aveva inspirato profondamente, chiudendo gli occhi per un momento e lasciando uscire l'aria dalle narici, lentamente. Quando riaprì gli occhi scosse la testa tra sé e sé. Non riusciva a non pensare al comportamento ambiguo di Sion. Un momento tentava di tirarla dalla sua parte, mostrandosi sensibile e preoccupato per lei. Quello dopo, si rivelava un freddo calcolatore, che non pensava ad altro se non al proprio tornaconto.

Mentre passeggiava per i giardini, seguendo uno dei sentieri creati tra le siepi e i cespugli, Lux si chiese se Sion si comportasse a quel modo di proposito, oppure perché realmente per lui era normale alternare quelle due personalità in forte contrasto. Probabilmente la sua sensibilità non era che una facciata e il vero Sion era quello che aveva sgozzato quello schiavo o che si era dimenticato della task-force dopo quel disastroso banchetto, apparentemente sconvolto dalla consapevolezza di essersi fatto scappare il suo nemico di sempre senza far niente per impedirlo. Di tanto in tanto perdeva il controllo e allora non riusciva più a fingere di essere un vampiro a modo e sensibile, lasciando cadere la maschera e rivelandosi per quello che era in realtà: un tiranno senza cuore.

Sospirando di nuovo, immersa nei propri pensieri, Lux si sfiorò l'interno del polso dove una volta c'era stata la cicatrice che sanciva il patto di sangue con Nathaniel. Le labbra le si incurvarono leggermente, in un sorriso ancora preoccupato ma che si allargava sul suo volto involontariamente ogni volta che pensava all'unico vero legame affettivo che aveva.

"Sei tu che non permetti agli altri di avvicinarsi a te" sentì qualcuno sussurrarle all'orecchio con voce roca e sensuale. Colta in fallo, Lux scattò in avanti e poi, sfoderando uno dei pugnali in un batter d'occhio, si voltò per fronteggiare lo sconosciuto che era riuscito a prenderla di sorpresa.

"Sion?" gli chiese allora, spalancando gli occhi quando riconobbe il signore di quel palazzo. Non si era accorta di niente, eppure eccolo là: l'aveva seguita? E da quanto la stava osservando?

Con sua grande sorpresa però la domanda più pressante era un'altra.

"Cosa ti fa credere che io non voglia far avvicinare gli altri?"

"L'ho letto dentro di te, ovviamente" le rispose lui, sorridendo con aria furba e avvicinandosi a lei lentamente, come se non volesse spaventarla. "Insieme alla confusione che stai provando nei miei confronti. Avrei potuto offendermi, ma ti capisco perfettamente".

Ancora una volta, il vampiro sembrò coglierla di sorpresa. Se anche aveva manipolato la sua mente, intrufolandosi nei suoi pensieri e leggendo tutto quello che gli interessava come avrebbe potuto fare con un qualsiasi computer, Lux non se n'era accorta. Grazie ai suoi sensi acuiti, anche lei era capace di muoversi senza fare il minimo rumore e poteva avvertire la presenza di qualcun altro nel giro di parecchi metri. Il fatto che non solo non lo avesse sentito, ma che non si fosse accorta che le stava leggendo il pensiero, le fece aggrottare le sopracciglia. Di cosa era davvero capace quel vampiro?

"Non aggrottare le sopracciglia, lo sappiamo benissimo entrambi quello che stavi pensando" la incalzò Sion, fermandosi a pochissima distanza da lei e guardandola dritta negli occhi.

I capelli biondi, illuminati dal tenue bagliore emesso dai neon sul sentiero, sembravano molto più scuri di quello che erano in realtà. La pelle era però chiara come sempre, in contrasto col blu dei suoi occhi che tanto somigliava al mare in burrasca e che sembrava cambiare con il mutare del suo umore. L'insieme lo rendeva inquietante e, con suo grande rammarico, attraente. Lux non si riconosceva più: raramente si faceva ammaliare dalle grazie maschili e men che meno quando si trattava di individui potenzialmente pericolosi come Sion. Che il potere c'entrasse qualcosa?

"Come hai fatto a leggere i miei pensieri?" gli chiese allora, direttamente, scegliendo di saltare i convenevoli.

"Davvero non lo sai?" le rispose Sion, girandole la domanda e guardandola come se si aspettasse qualcosa da lei. Una consapevolezza che però non gli arrivò, perché alla fine, dopo un altro sorriso accondiscendente, si decise a parlare.

"Da quando ci siamo incontrati, lasciando che i nostri poteri si sfiorassero, è come se tra noi si fosse creata una specie di connessione".

"Non mi era mai successo prima" dovette ammettere lei, annuendo, perché era la stessa cosa che sentiva anche lei. "È stato come... come..."

"Come se si conoscessero da sempre" finì Sion per lei, felice del fatto che per quella volta Lux non solo stesse collaborando, ma fosse meno tesa e rigida del solito. Incoraggiato da quel comportamento più disponibile nei suoi confronti, il vampiro si spiegò meglio: "Quella volta mi sono sentito come se il mio potere avesse sempre cercato la sua metà femminile, senza mai trovarla. Poi sei arrivata tu e tutta la sua potenza mi è stata rivelata all'improvviso, lasciandomi senza fiato".

"Già" convenne lei, decidendo di non volersi soffermare sulle implicazioni di quel discorso. Non era mai stata brava nei rapporti interpersonali e non voleva rendersi ridicola o impegnarsi troppo. "Nemmeno io avevo idea che il mio potere potesse essere così sconfinato".

"È sempre in ascolto" aggiunse Sion. "Come se ormai i due poteri si fossero ritrovati e non volessero lasciarsi andare. A volte devo schermarmi per evitare di esserne distratto, ma ci è stato utile contro Thor o in questo momento non saremmo qui a parlarne".

"Credo che in quel caso sia... stato amplificato dalla presenza del sangue" dovette ammettere lei, a fatica. Già la volta precedente, alla vista del sangue, il vampiro in lei si era risvegliato, cercando di prendere possesso della sua mente, inebriato dal potere e dalla sete che non aveva mai potuto saziare. "Però non è lo stesso con me. Io non sento questa connessione. Il legame si apre a suo piacimento quando viene catalizzato da qualche emozione forte o.. dal sangue".

"È dentro di te" le disse lui, abbassando la voce come se volesse che lei soltanto potesse udirlo. "Solo che non sai come fare a vederlo".

"Insegnami" gli chiese lei a quel punto, dimentica per una volta di tutti i suoi buoni propositi e di tutte le severe regole che si era imposta. Poteva essere pericoloso, certo, ma il suo potere le aveva dimostrato di avere la potenza necessaria per difendersi da solo e lei era sicura che, in caso di attacco, avrebbe risposto nel modo giusto. Quello di cui non era affatto sicura era il motivo per cui Sion sembrava tenere tanto a quella connessione creatasi tra loro.

Il vampiro la osservò coi suoi occhi penetranti, rimanendo immobile per un lungo momento, come se volesse pensare bene a quello che stava facendo. Ad un tratto, con un movimento fluido e allo stesso tempo delicato, le prese la mano, poggiandosela sul petto col palmo aperto. Avvertì qualche resistenza da parte di Lux e la subitanea tensione che sembrava attanagliarla ogni volta che qualcuno si avvicinava troppo a lei, ma non se ne curò. La sua mano, dalle dita lunghe e affusolate e dal pallore spettrale, la trattenne per impedirle di ritrarsi. Nel suo petto non batteva più un cuore, né lei avrebbe potuto sentire il familiare tepore che i corpi umani emanavano, ma quello che serviva a Sion era un contatto fisico: qualcosa che gli permettesse di fare breccia in quelle barriere che si era costruita intorno senza nemmeno accorgersene.

"Chiudi gli occhi" le disse, con fare perentorio e lo sguardo di chi non ammetteva repliche. Quando si rese conto che esitava, si affrettò ad aggiungere: "Non preoccuparti per me. Voglio soltanto insegnarti, come mi hai chiesto tu stessa. Se avessi voluto farti del male l'avrei già fatto, non credi?"

Sentendosi stupida, Lux sospirò profondamente e poi fece come le era stato chiesto. Detestava essere toccata, se non era lei stessa a deciderlo e quel contatto col vampiro le riportò alla mente la visione e quello che era successo dopo. Anche in quei momenti era stata stretta contro il suo petto e i suoi pensieri non erano stati propriamente casti. Non ne andava fiera, orgogliosa com'era, quindi avrebbe preferito dimenticarsene. Eppure era bastato il contatto con quel petto freddo e duro per ricordarle che di fronte aveva un vampiro bellissimo e sensuale, che aveva già più volte mostrato interesse nei suoi confronti.

Rinnegando quei pensieri all'istante, sentendosi stupida come Nemesis, che spesso e volentieri sembrava ragionare seguendo i suoi istinti più bassi, Lux s'impose di concentrarsi su quello che le avrebbe detto e sul proprio potere, che a quel contatto aveva preso a serpeggiare dentro il suo corpo in modo inquieto.

Soddisfatto dall'inaspettato risultato, Sion incurvò un po' le labbra in un sorriso, approfittando del fatto che Lux aveva gli occhi chiusi. Fece bene attenzione però a non far trasparire alcuna traccia d'ironia nella sua voce quando continuò a spiegarle cosa fare.

"Ora cerca di rilassarti e di concentrarti sul tuo potere" le disse, abbassando ulteriormente la voce, fino a farla diventare quasi quella calma e pacata che si userebbe per far addormentare un bambino. Avrebbe potuto usare i suoi poteri per ipnotizzarla e forzarla a far cadere i blocchi che si era imposta, ma dubitava che ne sarebbe rimasta favorevolmente colpita e decise che non aveva nessuna intenzione di darle qualche altro motivo per dubitare di lui.

"Lo senti? Hai inconsciamente cercato di tagliare fuori questo legame, è per questo che non ti sei resa conto della sua esistenza... non è che un sottilissimo filo, che ora lega i nostri poteri... tu per me sei un libro aperto, ma se ti concentri, scoprirai che anche tu puoi leggere dentro di me".

Lux si sentì quasi cullata dalla voce di Sion e si rilassò nonostante le sue lunghe dita stessero ancora stringendo il suo polso, anche se con meno forza di prima, schiacciandole la mano contro quel petto freddo e senza vita. Lo sentiva parlare e, decisa ad andare fino infondo a quella storia, spinse ogni altro pensiero da parte, concentrandosi solo sulla voce vellutata di Sion, ora ridotta a poco più che un bisbiglio. Un filo che legava i loro poteri. Un legame quasi visivo, o almeno così diceva il vampiro. A Lux ci volle un po' per trovarlo, lasciando che la sua mente percorresse quella massa informe che ormai visualizzava dentro di sé come il proprio potere, un illustre sconosciuto che continuava a vivere dentro il suo corpo. Sapeva cosa fosse e dove si trovasse. Poteva visualizzarlo nella sua mente, ma per la maggior parte non aveva idea di cosa fosse capace tutta quella potenza generata dalle modifiche genetiche alle quali era stata sottoposta. Con la mente ripercorse tutto quello che sapeva, controllando che non ci fossero anomalie e, tutto ad un tratto, lo trovò. Lux non sapeva se le parole di Sion l'avessero influenzata o se davvero quel legame fosse una specie di stringa dorata che teneva unite quelle due parti dei loro corpi come se si trattasse di un paio di manette, ma era proprio così che lo visualizzava adesso. Si costrinse a tenere gli occhi chiusi e la mente ben concentrata su quello che stava facendo, decisa a scoprire se leggere i segreti di Sion l'avrebbe reso meno minaccioso. Dopotutto, il fatto che avesse tutto quel potere su di lei e fosse in grado di leggerle il pensiero non le andava esattamente a genio: riuscire a fare lo stesso con lui avrebbe livellato di nuovo le cose.

Nella sua mente visualizzò le proprie mani che afferravano la stringa e cominciavano a ripercorrerla all'indietro, facendo bene attenzione però a tenersi a distanza dal potere di Sion. Non voleva attivarlo e perdere di nuovo il contatto con la realtà, com'era accaduto durante il banchetto in onore di Thor. Quel potere generato dall'unione delle loro forze era decisamente troppo potente e per il momento, almeno da parte sua, ingestibile.

Mentre pensava tutto questo, Lux si trovò avvolta in una specie di visione. Era diversa da quelle che di solito aveva, in quanto non si sentiva né debole né risucchiata in un vortice dal quale non avrebbe saputo tirarsi fuori. In qualsiasi momento avrebbe potuto lasciare andare la stringa e qualcosa dentro di lei pareva sicuro del fatto che la visione sarebbe sparita. Di nuovo sapeva inconsciamente di stare vivendo i ricordi di qualcun altro. Si trovava in una costruzione strana, di legno. Vide una piccolissima fessura che doveva avere le funzioni di finestra e presa d'aria contemporaneamente e andò a poggiarvi il viso contro per cercare di capire dove si trovasse. Quello che vide però la lasciò interdetta. Alberi. Centinaia di alberi. Si trovava quindi in una foresta, ma quello che era più strano era il fatto che la bassa costruzione, formata da un unico ambiente, pareva essere stata costruita su uno degli alberi. Una postazione di avvistamento, probabilmente. Forse di difesa, visto che le feritoie potevano essere utilizzate per guardare all'esterno e allo stesso tempo per sparare ad eventuali nemici in avvicinamento.

Ad un tratto la piccola botola al centro della stanza si aprì. Una persona incappucciata vi fece capolino, guardando all'interno della stanza per assicurarsi che non vi fosse nessuno. Quando abbassò il cappuccio, Lux rimase a bocca aperta: Sion. I suoi capelli biondi erano esattamente gli stessi e gli incorniciavano il viso d'angelo, ricadendo sulle spalle in morbide onde. Gli occhi però parevano diversi: erano quelli di un ragazzo innocente. Quando fu soddisfatto di quello che vide entrò nella stanza, abbassando una mano nella botola un momento dopo per aiutare qualcun altro. Lux osservò la donna mentre chiudeva la botola con un piccolo lucchetto: era di una razza che non aveva mai visto prima. La sua pelle era ricoperta di scaglie in alcuni punti e talmente liscia in altri, da sembrare quasi una bambola di gomma. I capelli erano di un blu elettrico, lunghi e vaporosi. Quando si voltò verso di lei, guardandole attraverso perché non poteva vederla, Lux notò che gli occhi erano dello stesso colore dei capelli: un blu intenso, brillante e diverso da ogni altro che avesse mai visto. Quegli occhi sembravano ipnotici e riuscì a staccarsene a fatica, notando che sia la donna che Sion, liberatosi intanto del mantello, vestivano una tunica nera e lunga, che non lasciava intravedere il corpo.

"Sei sicuro?" le chiese lei, gli occhi spaventati, avvicinandosi a lui e poggiandogli le mani sul petto, come se volesse sentirlo più vicino. "Se il priorato ci scopre…"

"Non ci scoprirà nessuno, non preoccuparti" le rispose lui, con una dolcezza che Sion non aveva mai usato in presenza di Lux. Le prese allora il bellissimo volto tra le mani, sfiorandole il naso col suo in un gesto al tempo stesso tenero e sensuale. "Questi rifugi sono in disuso da anni ormai. A nessuno verrà in mente di cercarci qui. E poi cosa possono farci? Vogliamo solo amarci, non stiamo commettendo nessun crimine".

"Loro credono che tu debba essere iniziato al culto e per questo non dovresti avere nessun rapporto con le donne" rispose lei in un sussurro, sfiorandogli le labbra con le sue, come se la sua vicinanza fosse stata abbastanza da farle dimenticare tutte le paure e i dubbi. "Cercherebbero di dividerci ma... io non posso vivere senza di te... non posso".

"Non ci riusciranno mai, Naama" sussurrò lui di rimando, chiudendo gli occhi e perdendosi nella dolcezza del momento. Lux lo osservava quasi rapita, potendo attingere alle sue emozioni come se le stesse provando in prima persona. Sion era davvero innamorato. Mai aveva creduto che un essere tanto freddo e distaccato potesse provare sentimenti come quelli. "Sei la padrona del mio cuore, anche se ci dividessero rimarrebbe tuo per sempre..."

A quel punto, incapace di aspettare oltre, Sion catturò le sue labbra con uno slancio che le dimostrò quanto fosse impaziente, baciandola con ardore. Bastò un semplice gesto allora, e la tunica che Naama portava indosso le scivolò dalle spalle come se fosse dotata di vita propria. Lux notò con una punta d'invidia che il suo corpo era perfetto, nonostante le scaglie e quella pelle che sembrava fatta di gomma. A giudicare da come Sion la strinse a sé, nemmeno a lui doveva importare poi tanto di quelle anomalie. Naama slacciò i bottoni sul petto di Sion, che tenevano la tunica al suo posto, lasciandola scivolare a terra a sua volta e regalando a Lux una visione chiara e completa del corpo del vampiro. No, non era ancora un vampiro. La pelle di Sion era troppo rosea, il suo corpo troppo umano. Non l'avevano ancora infettato col virus del vampirismo. Era perfetto, sì, assolutamente perfetto e quella perfezione non era frutto di esperimenti di genetica: l'aspetto di Sion si era congelato nel tempo, ma era suo. Quell'uomo che stava adagiando il corpo di Naama sulle tuniche lasciate sul pavimento era un'opera d'arte vera e propria. Più bello di qualsiasi altro uomo Lux avesse mai visto. Bello e innamoratissimo. Un'ondata di sentimenti la pervase allora e lei capì che erano quelli che provava Sion. Un misto di amore, bruciante passione, devozione, tenerezza e allo stesso tempo la preoccupazione di essere scoperti, che però si guardava bene dal trasmettere alla sua giovane amante. Incapace ormai di staccare gli occhi, Lux li vide amarsi sul pavimento con una passione permeata dall'amore che provavano l'uno per l'altro, quasi che fossero consapevoli che non si sarebbero più rivisti. Si guardavano negli occhi con un'intensità quasi dolorosa, stringendosi l'uno contro l'altro e facendo vergognare Lux di essere lì a spiare quell'incontro segreto.

Qualche minuto dopo, la botola venne spalancata, rompendo il lucchetto che la teneva chiusa. Tre vampiri di stazza quasi pari a quella di Nemesis si fiondarono nel piccolo ambiente, facendolo sembrare ancora più claustrofobico. Naama e Sion tentarono di coprirsi e lui le si parò davanti come se volesse proteggerla.

"Non dovevi farlo!" tuonò uno dei tre, puntando il dito contro Sion. "Tu sei consacrato, entrerai a far parte del priorato e non puoi corrompere il tuo corpo con i comuni mortali!"

"Io non voglio essere parte del priorato!" gli gridò contro Sion, stringendosi a Naama che aveva preso a singhiozzare, evidentemente terrorizzata. "Mi avete imposto la vostra scelta senza mai chiedere il mio parere. Voglio una vita diversa, una famiglia con la donna che amo! Voi promettete solo morte e distruzione, non felicità!"

"Potere Sion" lo corresse un altro vampiro, che sembrava il più posato dei tre. "Il priorato ti permetterà di ottenere un potere al quale nessun altro umano potrà mai accedere. Diventerai un fedele servitore dell'oscurità. Ora la tua mente è annebbiata dal piacere ed è normale che tu non capisca quello che ti stiamo offrendo. Col tempo imparerai ad apprezzarlo. Lo facciamo per il tuo bene".

Bastò un suo cenno della testa perché gli altri due si muovessero. Quello che aveva parlato per primo afferrò Sion, tirandolo da un lato. L'altro prese Naama come se si trattasse di una bambola di pezza. Sion prese a gridare frasi incoerenti e Lux fu di nuovo sopraffatta dai sentimenti che provava lui, un misto di angoscia, paura e dolore allo stato più puro. Senza battere ciglio, il vampiro che teneva Naama la scagliò contro la fragile parete di legno della piccola casetta. Fu una spinta talmente forte che le fece sfondare la parete e precipitare giù dall'albero. Le grida che fino a un momento prima erano strazianti, ad un tratto cessarono, così come la vita della donna. Sion pianse lacrime calde, accasciandosi al suolo a sua volta e Lux dovette lasciar andare quella visione per non farsi coinvolgere troppo a livello emotivo.

Quando riaprì gli occhi si trovò faccia a faccia con Sion. Le sembrava fossero passati anni, quando in realtà, come di solito succedeva con quel tipo di visioni, non si trattava che di pochi minuti. Guardò quello che era stato trasformato a forza in vampiro e che aveva perso la donna amata perché qualcun altro aveva deciso il suo destino e capì che erano più simili di quanto non avessero voluto ammettere. Entrambi nascondevano le proprie emozioni dietro una facciata dura e impenetrabile, che serviva come deterrente per far allontanare le persone. Entrambi avevano paura di essere feriti di nuovo e di affezionarsi a qualcun altro, ben sapendo che nella loro vita non c'era posto per i sentimenti. Per la prima volta, si fece strada in Lux l'ipotesi che Sion fosse così tanto abituato al potere e al comando che per lui quei comportamenti e quel desiderio di predominanza rappresentassero la normalità. Probabilmente non si rendeva nemmeno conto del fatto che aveva causato una guerra civile sul proprio pianeta per pura ambizione personale, o forse la considerava un semplice effetto collaterale di qualcosa che gli spettava per diritto. Lux non aveva idea di cosa fosse il priorato, né dell'epoca o del luogo ai quali facevano riferimento le immagini della visione, ma supponeva che si trattasse di una specie di casta ormai estinta.

"Sono rimasto l'unico" sussurrò Sion, che era riuscito di nuovo a leggerle i pensieri. La mano che le stringeva il polso allora la lasciò andare, ma Lux non indietreggiò come lui credeva. Rimase lì a fissarlo, come se volesse cercare di conciliare quello che aveva visto con quello che aveva di fronte. Sion allora le sfiorò il viso con le dita, avvicinandosi ancora di più. La guardava dritto negli occhi, mostrandole per la prima volta quel lato sensibile di sé che aveva imparato a nascondere in profondità.

L'avrebbe baciata, ma un momento prima che le loro labbra si sfiorassero, Lux indietreggiò di un passo, abbassando gli occhi.

"Credo sia meglio tornare dentro" gli disse, visibilmente scossa. Senza dargli il tempo di rispondere, mormorò la sua buonanotte a mezza voce, avviandosi a passo svelto verso il palazzo, dove quasi sicuramente si sarebbe rintanata in camera sua a rimuginare su quello che aveva visto.

Sion rimase a guardarla con un mezzo sorriso sulle labbra. No, non era dura come sembrava, ora ne aveva la certezza. Lux sembrava voler nascondere le proprie insicurezze e paure sotto quella scorza impenetrabile. Grazie a quel legame però Sion era riuscito a vedere dentro di lei: sapeva tutto del perché era stata declassata, del perché non si fidava più degli uomini e dei suoi tentativi di zittire i propri sentimenti, soffocandoli con la rabbia che la pervadeva durante i combattimenti o con la passione di una notte, illudendosi così di poter fare a meno di tutto il resto. Si sbagliava, così come si era sempre sbagliato lui, ma poteva davvero insegnarle qualcosa in proposito? Lui che ancora dopo centinaia di anni serbava rancore e il dolore per quella ferita al cuore che non si era mai cicatrizzata? Ora che anche Lux sapeva, non avrebbe accettato i suoi consigli.

No, non era per niente una donna semplice da capire.

CAPITOLO 10

I corridoi brulicavano di attività. C'erano soldati armati di tutto punto che correvano come impazziti, organizzandosi per un'evenienza che non avevano mai nemmeno preso in considerazione.

I quattro uomini in piedi sull'ampio terrazzo del palazzo furono presto raggiunti da sentinelle armate che si disposero tutto intorno al perimetro di quel piano, ben decisi a farsi uccidere piuttosto che mettere in pericolo l'unica persona che veneravano e che per loro rappresentava un'ancora di salvezza. Sion, Nemesis, Nathaniel e Lux si erano precipitati lì sopra non appena la notizia era giunta alle loro orecchie. Guardavano giù, inizialmente increduli, chiedendosi se il nemico fosse impazzito di colpo o se stesse tramando qualcosa di ben più grosso che però non erano ancora riusciti a capire.

Sion considerava l'assalto notturno di Thor come un insulto diretto a lui e dettato, quasi sicuramente, dal desiderio del vampiro master di vendicarsi dell'onta subita durante il banchetto. Era livido di rabbia, ma nessuno dall'esterno l'avrebbe potuto capire: il suo viso era impenetrabile. L'unica che avrebbe potuto percepire la forza della sua rabbia era Lux, ma aveva innalzato attorno a sé delle mura ancora più alte di quelle di prima, probabilmente spaventata da quello che era successo nei giardini. O, più semplicemente, terrorizzata da quello che sarebbe potuto succedere. Lei però non l'avrebbe ammesso neanche sotto tortura, quindi Sion non le aveva chiesto niente.

Inizialmente, aveva creduto che le sue guardie si fossero sbagliate. Com'era possibile che Thor decidesse di attaccare direttamente il suo palazzo? Le alte mura fortificate ed elettrificate avrebbero tenuto a bada i vampiri più giovani e inesperti, che non sapevano ancora volare. Quelli più potenti, che avrebbero potuto tentare un attacco aereo, sarebbero stati colpiti immediatamente dai soldati, che ormai si erano disposti lungo tutto il perimetro dell'edificio principale. Sion avrebbe potuto pensare che si trattasse di un semplice colpo di testa dei soldati di Thor, troppo indisciplinati per attendere ancora le vie di quella finta diplomazia messa in scena per compiacere il Governo Centrale, ma mai avrebbe creduto che in mezzo a loro ci fosse proprio lui. Dapprima aveva sentito il suo potere, come un vento gelido che gli aveva fatto accapponare la pelle per un momento, tanto era stato inaspettato. Poi l'aveva visto avvicinarsi alle mura e guardare su, verso di lui. Sembrava volerlo sfidare, ma non aveva ancora detto una parola e Sion non sapeva cosa aspettarsi. Se non si trattava di un piano suicida dettato dalla follia, allora non aveva idea di cosa stesse tramando il suo nemico e la sua inconsapevolezza non faceva che alimentare la rabbia che stava provando.

Sistematosi quasi al centro del perimetro del terrazzo, Nemesis sembrava a sua volta impassibile. I suoi occhi freddi e calcolatori stavano valutando l'entità di quell'attacco e il numero di soldati impiegati, nel tentativo di capire se si trattasse solo di uno specchietto per le allodole che voleva distrarli dal vero piano o se Thor fosse seriamente intenzionato ad attaccare Sion in modo così aperto ed evidentemente sfavorevole per lui.

I suoi occhi si spostarono su Thor nel momento in cui Nemesis capì che il vampiro faceva sul serio: sembrava che tutte le sue forze fossero scese in campo per circondare il palazzo di Sion in un ultimo, disperato tentativo di togliere di mezzo quell'ingombrante ostacolo sulla strada per il potere. Il leader delle forze avversarie stava fissando Sion con un odio atavico di una tale intensità che persino Nemesis, di solito poco attento alle emozioni altrui, riuscì a percepire come se fosse diretto a lui. Laris era, come al solito, al fianco di Thor. Se quello che aveva visto al banchetto non era stato dettato soltanto dal bisogno di fuggire, Nemesis era convinto che quei due utilizzassero l'unione dei propri poteri per combattere. Era per questo, quindi, che Laris sembrava l'ombra di Thor, seguendolo ovunque: senza di lui probabilmente il suo potere sarebbe stato inferiore a quello di Sion.

Il gigante passò allora in rassegna il suo armamentario, velocemente, assicurandosi che tutto fosse al suo posto. Tra poco la carneficina avrebbe avuto inizio e lui voleva essere sicuro di aver portato tutti i suoi giocattoli con sé. Era vestito con un paio di pantaloni cargo che un tempo erano stati verde militare, ma che ora erano scoloriti al punto da essere diventati di un colore indefinibile. Come Lux, anche lui aveva legato un pugnale ad uno degli stivaletti, mentre altri due erano assicurati agli avambracci tramite dei bracciali di cuoio che coprivano le sue braccia dal gomito al polso. Per poter utilizzare quei particolari avambracci, dotati di pugnali estraibili, Nemesis aveva indossato una canotta, talmente aderente che sembrava quasi voler scoppiare per via della corporatura muscolosa del gigante che premeva contro la stoffa. Attorno ai fianchi aveva legato una coppia di cinturoni con due pistole nelle fondine, una per lato, i cui caricatori aveva sistemato nei tasconi dei pantaloni. Sembrava tutto in ordine e un sorriso crudele spuntò sul suo viso, rendendolo ancora più spaventoso: non vedeva l'ora di cominciare a giocare.

Nathaniel e Lux erano uno accanto all'altra, poco lontano da Sion. Si erano inconsciamente avvicinati come al solito, in un tentativo di proteggersi le spalle a vicenda che, dato lo spiegamento di forze e la carneficina che stava per essere compiuta, era puramente utopico. I lineamenti di Lux, già normalmente fissati in una maschera di ferro che sembrava indossare per tenere la gente alla larga, erano ancora più tesi e rigidi. Nonostante questo, era impossibile non notare la sua bellezza, che lei sfoggiava inconsciamente come se non se ne rendesse conto o non la reputasse importante.

Nathaniel, al contrario della sorella, aveva legato sulle proprie spalle una faretra ricolma di frecce le cui estremità lampeggiavano di rosso per via di piccolissimi led che fuoriuscivano dal metallo dal quale erano state ricavate. Attorno alla vita aveva preferito legare il suo arco, ridotto a dimensioni minime grazie alla moderna tecnologia che gli permetteva di poterlo allargare e attivare con le sue impronte digitali, delle piccole ma potenti granate, contenute in taschini cuciti nella larga cintura e tutta una serie di pugnali. Anche lui si era vestito di nero, preferendo però una tunica che gli arrivava a metà coscia e un paio di pantaloni aderenti che s'infilavano in stivali uguali a quelli della sorella.

Entrambi guardavano giù, verso il nemico. Lux riusciva a percepire il potere di Thor più di quello di tutti gli altri vampiri lì sotto, come se fosse predominante. Gli occhi si spostarono da lui a Sion, che però pareva assolutamente assorto nei propri pensieri. Dopo quello che era successo nei giardini, Lux non aveva voluto rischiare di mostrargli altri dettagli della propria vita: il vampiro sapeva già troppo e lei non era sicura di essere contenta che tra loro fosse nato quello strano legame che li univa in modo così profondo. Nel tentativo di impedirgli di entrare nella sua testa allora aveva tagliato fuori sia il legame che tutto il resto, innalzando intorno a sé le alte mura immaginarie che servivano alla propria mente per tenerlo fuori. In quel momento però aveva bisogno di sapere cosa stesse succedendo. Tornando a guardare la folla, Lux abbassò le mura quel tanto per permettere ai pensieri di Sion di filtrare. Il suo volto era impassibile, come se non si stesse affatto sforzando per mantenere la concentrazione in un momento tanto delicato.

Fu allora che l'attacco cominciò, in un modo che nessuno aveva preso in considerazione. Un singolo impulso fu spedito da Thor e Laris contemporaneamente e indirizzato ad una sola persona: Lux.

I due avevano capito la forza dei poteri di quella strana donna durante il banchetto nel palazzo di Sion, quando il master vampiro l'aveva utilizzata come catalizzatore per accrescere i propri poteri, mostrando così al nemico la strada per distruggerlo definitivamente. Thor e Laris avevano quindi atteso che quelle alte mura che impedivano a qualsiasi cosa di entrare vacillassero, per poterle prima abbattere e poi manipolarla a proprio piacimento. Quando lei le abbassò di sua spontanea volontà gli ci volle un attimo per realizzare quanto fossero stati fortunati. Un attimo e, poi, si lanciarono all'attacco: Lux sarebbe stata il loro cavallo di Troia. Se fossero riusciti a darle ordini, le avrebbero chiesto di distruggere l'intero palazzo con tutti i suoi abitanti. Se invece fosse impazzita, nel tentativo di resistere al loro attacco, allora l'avrebbe fatto da sola, a cominciare da Sion che, insieme all'altro inviato del Governo Centrale, erano quelli più vicini a lei. Sarebbero morti tutti con un potere di quella intensità fuori controllo. Dopo la loro vittoria, Thor avrebbe potuto usare la morte della task-force per dare maggiore forza alle minacce che intendeva lanciare all'universo: gli uomini delle squadre speciali erano addestrati duramente e rappresentavano il fiore all'occhiello del reparto difesa del Governo Centrale. Riuscire a distruggerli significava disporre di un terrificante potere che avrebbe spaventato non pochi pianeti. Poco importava se quel potere fosse reale oppure no: quasi nessuno si sarebbe azzardato a verificarlo di persona.

Sion riuscì a malapena a percepire l'impulso, senza capire cosa stessero cercando di fare, prima che Lux lanciasse un grido acuto e si accasciasse al suolo, stringendosi la testa come se volesse esplodere. Subito un'ondata di potere fuoriuscì dal suo corpo, inondando tutti quelli che si trovavano sul terrazzo con un vento gelido che li fece rabbrividire e li innervosì. Nemesis si voltò a guardare quello che stava succedendo e imprecò tra i denti, senza però muoversi dal suo posto. Nathaniel si inginocchiò subito accanto alla sorella, nonostante gli si stesse accapponando la pelle per via di quegli sprazzi di potere che lasciava andare inconsapevolmente. Non capiva quello che stava succedendo, eppure il suo primo pensiero, d'istinto, era stato quello di aiutarla.

"Lux!" le gridò, prendendola tra le braccia e scuotendola un poco. "Lux cerca di reagire, o ci distruggerai tutti!"

Gli occhi della donna erano sbarrati e totalmente assenti, come se fosse stata colta da una specie di trance indotta dal potere, o dall'impulso inviato dal nemico. Non c'era verso per cui potesse capire quello che le stava dicendo il fratello, o fermare le ondate di potere che man mano salivano d'intensità. Se le prime avevano solo fatto rabbrividire i soldati di Sion appostati sul terrazzo con loro, ora causavano formicolii tali che pareva che la pelle stesse brulicando di vermi. Alcuni di loro indietreggiarono, in un vano tentativo di proteggersi da quello strano attacco che rendeva loro impossibile combattere. Altri rimasero stoicamente al proprio posto, troppo spaventati dalla reazione di Sion se le difese avessero ceduto.

Nemesis imprecò di nuovo, stavolta furioso nei confronti di Lux. Si era dimostrato l'anello debole della catena e stava rischiando di farli uccidere tutti. Perché diamine non si era difesa? Conosceva bene il suo potere, avrebbe di sicuro potuto pensare a un possibile attacco da parte di Thor! Il potenziale dei poteri che si erano sviluppati dentro il suo corpo, dopo la mutazione genetica, era tale che Nemesis capì subito che se lei avesse ceduto, non ci sarebbe stato scampo. L'unico modo per fermarla sarebbe stato ucciderla. I suoi occhi si spostarono allora su Nathaniel, che la stringeva tra le braccia: avrebbe dovuto uccidere prima lui, se non voleva problemi.

Come se sapesse cosa stesse succedendo e conoscesse il modo di interrompere quel processo, Sion corse verso Lux, spingendo di lato Nathaniel senza troppe cerimonie e facendolo rotolare più in là, in direzione di Nemesis. Gli occhi fissi sulla donna, Sion la prese tra le braccia con dolcezza, nonostante l'agitazione crescente e la consapevolezza che bisognava far presto. Gli occhi che prima erano luminosi e sempre velati da un'ombra di sospetto nei suoi confronti erano ora spenti e fissi. Il vampiro si ritrovò a pensare, nonostante tutto, che avrebbe voluto che lei tornasse a guardarlo, sia pure con sospetto. Senza alcun preavviso allora, le spostò di lato il collo per avere un più facile accesso e la morse violentemente.

"No!" gridò Nathaniel, che maldestramente cercò di rimettersi in piedi e correre a salvare la sorella. Sapeva bene quanto ci tenesse a quel briciolo di umanità che ancora le restava. Sapeva che se con quel morso Sion gliel'avesse tolto, Lux non sarebbe più stata la stessa. Era già convinta di essere una specie di mostro ora che non beveva sangue e non aveva mai permesso a nessun vampiro di toccarla: come avrebbe reagito se il morso di Sion avesse aumentato la percentuale di geni di vampiro presenti nel suo corpo?

Prima che potesse lanciarsi contro Sion, una presa d'acciaio gli afferrò la spalla, minacciando di schiacciarlo. Nemesis. Voltandosi a guardarlo come se fosse impazzito, Nathaniel tentò di capire cosa gli stesse passando per la mente, senza riuscirci. Il gigante non dava però segni di essersi accorto della sua perplessità e, apparentemente senza sforzo, lo sollevò da terra. Con il braccio libero gli cinse le spalle, stringendolo effettivamente a sé e impedendogli di avanzare.

Nathaniel si voltò a guardare la sorella, inerme tra le braccia del vampiro, la cui gola si muoveva ritmicamente mentre ingoiava, senza perdere una goccia del prezioso sangue che le stava sottraendo contro la sua volontà. E fu sopraffatto dalla rabbia. Pur sapendo di non avere nessuna possibilità di riuscire a liberarsi dalla stretta d'acciaio del gigante, Nathaniel iniziò a dibattersi come un ossesso, mentre una serie di frasi incoerenti lasciavano le sue labbra.

La vista di Lux in quelle condizioni gli aveva fatto tornare alla mente il passato, che per tanto tempo era riuscito a tenere nascosto anche a se stesso, come se non facesse più parte della sua vita. Rivide i volti dei compagni, dopo la battuta di caccia, trionfanti e allegri. Ricordò di aver fatto l'amore con la sua sposa, la notte prima che l'inferno inghiottisse il suo villaggio. E poi la morte. La morte di tutto quello in cui credeva, di tutte le persone alle quali voleva bene. Gli si era prospettata una scelta allora: battersi per una causa ormai persa o cercare di mettere in salvo la persona che amava di più al mondo. Comportandosi da codardo nei confronti della sua tribù, Nathaniel, allora Wauntheet Monnitoow, Spirito Scintillante nella lingua Mahegan, era fuggito nella foresta, convinto di poter salvare sua moglie, incinta di poche settimane. Quello che accadde dopo lo perseguitò per molto tempo a venire, con incubi, che ancora adesso tornavano di tanto in tanto a visitarlo.

Ma quei ricordi gli fecero capire una cosa: era stato un codardo una volta, non lo sarebbe stato ancora. A costo di farsi uccidere dal gigante il cui volto impassibile lo osservava come se non l'avesse mai visto prima, Nathaniel avrebbe salvato la sorella dalle grinfie di Sion. Se fosse morto, almeno, l'avrebbe fatto con onore.

Nemesis, per niente sorpreso dalla reazione del compagno, ma certo che Sion avrebbe fatto tutto ciò che era necessario per salvarsi, strappando al pericolo anche lui di rimando, lo trattenne con una presa ancora più stretta. Quando però i suoi strepiti e tentativi di divincolarsi, con l'unico risultato di riuscire solo a provocarsi una serie di abrasioni su tutto il lato superiore del corpo, gli fecero credere che Sion si sarebbe potuto distrarre dal suo compito, Nemesis poggiò una mano sulla gola di Nathaniel, applicando una pressione prima leggera e poi via via sempre maggiore.

"Lo faccio per il tuo bene, amico" gli sussurrò all'orecchio, mentre Nathaniel gli infilava le dita nella carne delle mani per liberarsi, annaspando per la mancanza d'aria. "Sion sa quello che sta facendo".

Non appena Nathaniel svenne, Nemesis lo lasciò andare, ritenendolo ormai neutralizzato: sarebbe rinvenuto quando ormai sarebbe già tutto finito.

Man mano che il sangue di Lux gli inondava la bocca, Sion cominciò a sentirla di nuovo. Sempre più viva e presente. La presa di Thor su di lei andava scemando e i loro poteri, grazie al sangue, si riconobbero all'istante, riattivandosi e cominciando a bollire dentro i loro corpi, come se, resisi conto del pericolo, non vedessero l'ora di entrare in azione. Quello che prima era un legame sottile quanto un filo, man mano cominciò a fortificarsi. Tra di loro si aprì un vero e proprio flusso di emozioni, pensieri, ricordi e sentimenti che prima era rimasto bloccato. Sion non avrebbe voluto che lei vedesse così a fondo dentro di lui, ma il processo funzionava in entrambi i sensi e se voleva una minima chance di salvare quello per cui aveva combattuto, nonché la donna che stringeva convulsamente tra le braccia, doveva arrendersi all'inevitabile.

In quei minuti, Lux, tornata in sé, ebbe la possibilità di rivivere tutta la vita di Sion, i suoi amori, i suoi pensieri e i suoi sentimenti, anche quelli che provava nei suoi confronti, più intensi di quello che avrebbe mai immaginato. Sion fece lo stesso con Lux, scoprendo che la donna provava per lui qualcosa di più di quello che credeva, ma che non si sarebbe mai sognata di mostrarglielo, preferendo abbandonarlo piuttosto che lasciarsi travolgere dai sentimenti.

Il sangue li aveva inebriati entrambi, rendendoli incapaci di tornare alla realtà, quasi dimentichi di essere sotto assedio e sordi alle grida di Thor che si era reso conto che il suo piano era fallito. Il desiderio irrefrenabile di baciarla riuscì a staccare Sion dal collo della donna, prima di reclamare le sue labbra con un ardore e una passione che raramente avevano conosciuto. Lux sembrava dimentica del fatto che la bocca di Sion era piena del suo sangue e che baciandolo ne avrebbe assaggiato anche lei. Dimenticò anche le punte acuminate dei suoi canini, tanto che nella foga si ferì più volte la lingua, sfregandola contro quelle lame di rasoio. I segni sul suo collo sparirono mentre i due si baciavano, segnalando con quella rapidità il fatto che i suoi poteri erano aumentati in modo esponenziale, arrivando a toccare una delle punte massime grazie a quel bacio, trionfo di sentimenti che erano stati tenuti a bada per troppo tempo.

Mentre le loro bocche erano ancora incatenate in un bacio forsennato e disperato, i poteri di Lux e Sion si fusero in un unico magma, dotato di volontà propria. La minaccia più incombente era rappresentata da Thor e dai suoi uomini, che avevano già minacciato Lux. Per proteggere uno dei due corpi che l'ospitavano, il potere agì in modo spontaneo, concentrandosi in un'unica grossa bolla che si schiantò a grossa velocità contro Thor e di rimando contro i suoi uomini. Non ci fu nemmeno il tempo di capire quello che stava succedendo. Se un momento prima tutti i vampiri potevano vedere il loro nemico baciare l'emissario del Governo Centrale, senza capire cosa stesse accadendo in realtà, dopo l'unica cosa che riuscirono a vedere fu una grossa palla lucente che cadeva su di loro.

Thor, l'unico che aveva realmente capito cosa stesse per accadere, tentò in un ultimo, disperato tentativo, di afferrare Laris per unire i loro poteri e tentare di creare un guscio che li proteggesse. Ma la mano rimase ferma a mezz'aria, in quanto il potere generato da Sion e Lux fu più veloce di lui, schiacciandolo e uccidendolo all'istante.

Quando il silenzio cadde sull'intera tenuta e i poteri si furono riversati di nuovo nei loro corpi, Sion si staccò da Lux, guardandola con intensità e con un sentimento che poteva quasi sembrare amore. Pareva volesse dire qualcosa, ma Lux, ancora incapace di formulare anche solo un pensiero coerente, lo guardò senza capire.

Lasciandola da sola per terra allora, Sion si alzò a guardare in basso. Tutti i suoi nemici erano ridotti a una poltiglia fumante. Nessuno era rimasto in vita. Nessuno era riuscito a sottrarsi alla furia dei loro poteri. Voltandosi verso i propri uomini, Sion sfoderò il suo migliore sorriso vincente: avevano bisogno di essere rassicurati. Sembravano sconvolti da quanto era accaduto, anche se non lo mostravano apertamente.

"Signori" iniziò, a voce abbastanza alta perché lo sentissero tutti. "Mi proclamo Signore Supremo di Nocturnu. Niente potrà più fermarci ora.

Il mio potere è riuscito a distruggere Thor e i suoi uomini senza che nemmeno uno di noi fosse ucciso!"

Nathaniel si svegliò lentamente. Riuscì soltanto a registrare il silenzio attonito che lo circondava, poi ci fu un'esplosione e dopo quella, una scia lucente si riversò di nuovo nei corpi di Lux e Sion, che si stavano baciando. Man mano i ricordi ritornarono e si chiese cosa mai stesse succedendo: perché sua sorella stava baciando Sion?

Ora, mentre il vampiro si proclamava signore di Nocturnu, vantandosi dei propri poteri e vagheggiando di una festa che si sarebbe tenuta quella sera stessa per celebrare la propria vittoria, lo sguardo ferito di Lux gli disse più di quanto avrebbe voluto sapere. Sentendosi osservata, la sorella, ancora imbrattata di sangue, anche se nessuna cicatrice o ferita era più visibile sul suo corpo, si affrettò a nascondere quello che provava, iniziando a rialzarsi a fatica, ancora stordita da quello che era successo.

Nathaniel si rialzò a sua volta, aiutandola a rimettersi in piedi e guardandola di nuovo dritto negli occhi, senza dire una parola. Indisturbati, i due si allontanarono dal terrazzo, dove i volti di tutti erano rivolti verso Sion, galvanizzati e quasi ipnotizzati dalla sua sola presenza. Era evidente che per lui avevano una vera e propria venerazione: l'avrebbero seguito in capo al mondo se avessero potuto. Il fatto che nessuno di loro fosse stato ucciso durante quel combattimento atipico aveva peraltro rafforzato la convinzione che Sion si preoccupasse di ogni suo soldato e che avrebbe fatto di tutto per difenderli.

Dopo aver sceso una prima rampa di scale, illuminata soltanto da una luce fioca che proveniva dal soffitto, Lux e Nathaniel si guardarono di nuovo negli occhi, fermandosi sul pianerottolo. Un attimo dopo si stavano abbracciando, come a volersi infondere coraggio e nel vano tentativo di assorbire il dolore dell'altro. Il loro legame era costituito da piccoli gesti che avevano un significato profondo, come quell'abbraccio. Il mondo intorno a loro avrebbe potuto essere distrutto, ma loro sarebbero rimasti insieme fino alla fine, stretti da un legame che pochi avrebbero capito, ma che loro non avevano mai sentito di voler spiegare a nessuno.

CAPITOLO 11

Rumori. Musica e grida ilari si mischiavano a canti per celebrare la vittoria e al tintinnio inconfondibile di bicchieri di vetro che si toccavano per un brindisi. Fuori dalle mura di cinta, che delimitavano il perimetro della proprietà di Sion, lo spettacolo era raccapricciante: stivali, armi e vestiti abbandonati al suolo in mezzo a scheletri mezzi carbonizzati e a una poltiglia grigiastra che altro non era se non residuo di qualche altro cadavere. Il contrasto tra l'ilarità vissuta all'interno e la morte e desolazione all'esterno risultava quasi grottesco.

Lux era seduta sul largo davanzale della sua finestra e osservava quello spettacolo triste, al quale aveva dovuto assistere più volte di quante non riuscisse a ricordare, con un'impassibilità che non le si addiceva. I suoi occhi osservavano la scena, vagando su quei mucchietti d'ossa come se non li vedesse nemmeno, troppo assorta nei suoi pensieri per potersi focalizzare davvero sulle conseguenze di quella sanguinaria corsa al potere.

La schiena appoggiata al muro e la testa accanto al vetro, Lux si abbracciava le ginocchia tirate contro il petto come avrebbe potuto fare una bambina spaventata. La sua mente non riusciva ancora ad afferrare il concetto che la causa di tante morti e della vittoria di un essere senza scrupoli, era lei. Lei e il potere che ancora non aveva imparato a conoscere, ovviamente. Tutte le morti commissionate dal Governo Centrale, le missioni durante le quali aveva dovuto uccidere e le cose che aveva fatto, ma delle quali non andava fiera, impallidivano al confronto di quello che era avvenuto quel giorno. E allora la sua mente vagava senza meta, per non dover affrontare la realtà. Si soffermava su argomenti più leggeri che, seppure le creavano un certo disagio, non erano così rischiosi come gli altri.

Sion era il protagonista principale dei suoi pensieri. Lui, che prima le aveva fatto toccare il cielo con un dito e poi l'aveva abbandonata come fosse un giocattolo rotto del quale non aveva più bisogno, prendendosi il merito di una vittoria che senza di lei non avrebbe mai ottenuto. Lo stesso Sion, che sin da quando era arrivata aveva iniziato un gioco di seduzione e corteggiamento, che sembrava volerle far capire che non era interessato solo al suo corpo come gli altri. No, certo. Era interessato al suo corpo e al potere che esso conteneva, cosa che agli occhi di Lux non lo rendeva migliore di tanti altri bastardi in circolazione per l'universo. Individui di sesso maschile, la cui razza o forma non aveva importanza, che vivevano in funzione della propria bellezza e del potere che esercitavano sulle donne. Eterni narcisi, che credevano di potersi permettere tutto, soltanto perché la natura gli aveva donato un bell'aspetto. Api che volavano di fiore in fiore e che mai si sarebbero fermate su uno soltanto, perché finché la propria bellezza glielo avesse permesso, avrebbero archiviato quante più conquiste femminili fosse possibile.

In parte se ne accollava la colpa: se avesse pensato con la parte razionale della sua mente, non si sarebbe trovata in quella situazione. Si era lasciata abbagliare dai suoi modi, dai trucchetti da vampiro e da quella bellezza che ormai malediceva, senza rendersi conto che sarebbe bastato grattare un po' quella superficie dorata per scoprire che quello che pareva un oggetto d'oro altro non era se non una volgare imitazione. Eppure il suo potere non aveva mai reagito così. Sembrava aver trovato un pezzo di sé del quale era stato sempre alla ricerca, senza nemmeno prendersi il disturbo di renderlo noto. E non appena l'aveva trovato, aveva rotto ogni indugio e si era lanciato alla carica per conquistarlo. Il legame che si era formato tra di loro - e che ora Lux avrebbe dovuto recidere, alzando tutta una serie di barriere attorno a sé - era reale. Così come reali erano le visioni del suo passato che era riuscita a cogliere dentro di lui. Sion non era nato vampiro: era stato trasformato contro la sua volontà, proprio come lei. Il Priorato, che attirava tanti giovani come lui con la promessa di potere e denaro, era presieduto da un consiglio di vampiri che però restava nell'ombra, pronto ad azzannare alla gola i poveri malcapitati. I migliori venivano indirizzati verso un apprendistato duro, che prevedeva tutta una serie di rinunce, fino alla cerimonia solenne, durante la quale sarebbero stati infettati col virus del vampirismo. Quelli più deboli, all'insaputa di tutti gli altri, venivano serviti come pasto ai vampiri in consiglio, che così disponevano sempre di sangue fresco. Sion era stato uno degli allievi più promettenti, fino a quando non si era innamorato. E allora, per evitare che decidesse di lasciare il Priorato, i vampiri del Consiglio avevano ucciso la tentatrice che lo aveva soggiogato con le sue grazie. Poco importavano i sentimenti del ragazzo: sarebbe stato un vampiro potente che avrebbe aiutato a mantenere la stabilità del loro consiglio. Peccato che, una volta trasformatosi, Sion avesse distrutto il Priorato pezzo per pezzo, dall'interno, vendicandosi a quel modo del torto subito.

Lux invece, nonostante fosse furiosa per via della trasformazione che le era stata imposta, continuava a prendere tempo. Si diceva che voleva prima scoprire la verità su quel complotto ordito contro di lei e che soltanto allora si sarebbe vendicata su chiunque avesse autorizzato quegli esperimenti. La differenza tra lei e Sion stava quindi principalmente nel fatto che Lux non uccideva per il puro piacere di farlo, come invece sembrava fare lui.

I suoi pensieri furono interrotti da qualcuno che bussò alla sua porta. I sensi di Lux si risvegliarono immediatamente e i suoi occhi volarono alla pistola poggiata sul davanzale vicino ai suoi piedi. Afferrandola immediatamente, la donna la nascose col suo corpo, vicino al vetro della finestra, così che chiunque fosse entrato non l'avrebbe vista fino a quando fosse stato troppo tardi.

"Avanti, è aperto" disse quando fu pronta a ricevere quella visita inattesa.

Con sua grande sorpresa, uno degli uomini di Sion aprì la porta, mostrandole quello che sembrava essere un abito da donna. Il vampiro, alto e dalle spalle larghe, aveva la pelle scura imperlata da minuscole gocce di sudore, come se fosse nervoso, o semplicemente imbarazzato di essere lì in quella stanza. Il contrasto tra il guerriero e l'abitino nero, corto e di quello che sembrava essere un tessuto costoso, era quasi comico, ma Lux si limitò a sollevare un sopracciglio per chiedergli cosa diamine volesse.

"Il nostro Signore Supremo vorrebbe avere l'onore di accompagnarla alla festa di questa sera per celebrare la sua vittoria" spiegò il vampiro con voce solenne, come se fosse una filastrocca andata a memoria apposta per quell'occasione. "Avrebbe molto piacere se decidesse di indossare questo vestito che ha scelto appositamente per lei".

Lux aprì la bocca e la richiuse almeno un paio di volte: per un attimo non seppe cosa dire. Si era aspettata di tutto, ma non una richiesta tanto ridicola. Non dopo quello che era successo soltanto qualche ora prima, quando sembrava che Sion si fosse completamente dimenticato della sua presenza. Evidentemente il potere gli aveva dato alla testa, non c'era altra spiegazione. Come poteva pensare che avrebbe accettato di indossare un abitino sexy e accompagnarlo come se fosse una delle tante conquiste che pendevano dalle sue labbra? Se intendeva sfoggiarla come se fosse un trofeo si sbagliava di grosso!

In tutta risposta il servitore si trovò a fissare la canna della pistola che ora Lux gli stava puntando contro, con le labbra incurvate in un sorrisetto crudele.

"Indietreggia lentamente ed esci da questa stanza" gli disse, con voce atona, come se stesse davvero considerando l'idea di ucciderlo a sangue freddo. "Riporta quel vestito dove l'hai preso e dì a Sion che può infilarselo su per il culo".

"Ss-si signora, ai suoi ordini" balbettò il servitore, ancora più nervoso di prima. Indietreggiò senza mai smettere di fissare la pistola, sobbalzando quando andò a sbattere contro la porta, come se si aspettasse che lei sparasse da un momento all'altro. Un momento dopo era già sparito, chiudendosi la porta alle spalle come se avesse il diavolo alle calcagna.

Lux ridacchiò tra sé e sé, posando la pistola e scuotendo la testa con fare divertito, prima di tornare a guardare fuori dalla finestra.

In mezzo ai festeggiamenti, tra vampiri dalle facce felici di chi era riuscito in una grande impresa, nonostante non avessero mosso un dito per farlo, soltanto un uomo sedeva solo. Nemesis aveva scelto uno degli angoli più bui dell'enorme sala delle feste. Sorseggiava una pinta di birra, con la schiena poggiata al muro e i piedi incrociati sul tavolo davanti a lui. Nonostante fosse in apparenza rilassato, il gigante sembrava comunque estremamente pericoloso. Scrutava i vampiri intenti a festeggiare con aria torva, anche se, di tanto in tanto, lanciava sguardi insistenti alle donne-vampiro chiamate ad allietare la serata e che si erano lanciate in balli scatenati sui pochi tavoli rimasti al centro della sala. Chissà, quella sera forse avrebbe potuto festeggiare anche lui, magari in camera sua e in compagnia di una di loro. Lui sapeva come mettere la museruola ai vampiri. Oh, sì. E adorava farlo.

Al piano superiore, Nathaniel giaceva sul suo letto, immobile. Indossava ancora gli abiti di qualche ora prima, quando in una frazione di secondo sua sorella e quel maledetto vampiro avevano sterminato l'intero esercito nemico, apparentemente senza sforzo. Stava macchiando di fuliggine e polvere le candide lenzuola di seta, ma non sembrava nemmeno rendersene conto. Pareva quasi vittima di una trance, tanto fisso era il suo sguardo. Eppure di tanto in tanto sospirava con aria triste.

Ad un tratto si strofinò gli occhi con una mano ancora sporca, lasciandosi segni neri sul viso. Gli occhi si erano però chiusi, accompagnati da un altro profondo sospiro. Cosa doveva fare?

Quella sorella di sangue, sebbene la sua pelle fosse di un colore diverso, era l'unico legame affettivo che gli restava. Il potere che ora la pervadeva lo spaventava, ma lui non l'avrebbe mai dato a vedere, sapendo fin troppo bene che lei non ne aveva colpa. Il contatto con Sion l'aveva resa ancora più pericolosa e paradossalmente aveva rafforzato il suo senso di protezione nei suoi confronti: chi avrebbe badato a lei se lui fosse fuggito? Sion l'avrebbe abbandonata come aveva fatto dopo la battaglia e Nemesis l'avrebbe usata e poi uccisa senza troppi rimorsi.

Sin dall'inizio aveva pensato di poter fuggire indisturbato: le storie su microchip che venivano impiantati sotto pelle ai membri delle squadre operative come la sua, per evitare defezioni, erano quasi una leggenda metropolitana e lui non credeva fossero vere. Se gli avessero impiantato un microchip lo saprebbe di sicuro, avrebbe qualche cicatrice a dimostrarlo, mentre invece la sua pelle era liscia e tonica come sempre. Nathaniel non aveva mai chiesto a nessuno, per paura che i suoi piani venissero scoperti, ma aveva comunque deciso di rischiare il tutto per tutto: doveva cercare di tornare sul suo pianeta. Erano passati anni, ma il sentimento di vendetta che lo tormentava non accennava a placarsi. Forse, se fosse tornato indietro, avrebbe potuto ritrovare quei bastardi e ucciderli tutti. Forse gli spiriti della sua dolcissima moglie e dei suoi compagni avrebbero trovato la pace che meritavano. Forse. Si rendeva conto che probabilmente i guerrieri che avevano assaltato il suo villaggio erano già morti, però aveva bisogno di tentare lo stesso, oppure nemmeno lui avrebbe mai trovato pace.

Tutti i suoi piani erano stati sconvolti quando il Governo Centrale aveva creato la task-force con Nemesis e Lux. Il patto di sangue prima e la strana amicizia che si era formata tra loro tre, sebbene spesso credesse che fosse mero interesse a tenerli uniti, almeno per quanto riguardava il gigante, avevano minato il suo sogno alla base. Dentro di sé voleva ancora fuggire e liberarsi del giogo del Governo, però continuava a rimandare, non volendo lasciare i suoi compagni da soli: aveva abbandonato il villaggio una volta, non poteva farlo ancora.

Il paesaggio che si poteva osservare dalla sua finestra non era cambiato, ma Lux era rimasta a guardare, come se non si fosse accorta di quanto tempo fosse passato dal momento in cui il servitore aveva lasciato la sua stanza. Era seduta lì ormai da ore, immobile e in silenzio, però non sentiva il bisogno di spostarsi.

Quando la porta della sua stanza si aprì, due occhi adirati saettarono verso l'ingresso. Il suo sguardo non mutò nemmeno quando vide Sion, che era entrato senza neppure bussare, chiudendosi la porta alle spalle e avanzando lentamente verso di lei.

"Non verrò alla tua stupida festa" sbottò lei, tornando a guardare fuori dalla finestra e sentendosi al sicuro dietro quelle alte mura che aveva creato nella sua mente, tagliando fuori il legame con lui che la rendeva vulnerabile al suo fascino. "Quindi risparmia il fiato e lasciami sola".

"Lo so" rispose il vampiro, con quella tipica inflessione nella voce che le faceva sempre pensare che stesse ridendo di lei. Si era avvicinato moltissimo, fino a toccarla, senza che lei lo sentisse e le aveva parlato all'orecchio, innervosendola ancora di più.

"Beh allora perché non vai a goderti il tuo meritato successo?" gli chiese di nuovo, con foga, voltandosi a guardarlo con occhi fiammeggianti. "Che bisogno hai di sfoggiarmi come se fossi un trofeo? Vuoi dimostrare di aver messo il guinzaglio anche a un emissario del Governo Centrale? È questo che vuoi, Sion?"

"Io voglio soltanto stare con te" rispose lui, ancora una volta con voce bassa e guardandola direttamente negli occhi, come se non fosse per niente spaventato da quello sguardo torvo e dal pericolo che poteva rappresentare Lux in quello stato. Poggiandole le mani sulle spalle, come se fosse una bambina piccola alla quale bisognava far capire che non si dovevano fare i capricci, Sion la fece voltare fino a quando non furono faccia a faccia, con le sue gambe che penzolavano dal davanzale.

"Nocturnu è un pianeta violento" esordì, con voce flautata e soffice, mentre la guardava negli occhi con intensità, senza mai distogliere lo sguardo. Pareva intenzionato a dimostrarle che stava parlando sul serio. "Molto violento. I vampiri che si sono trasferiti a vivere qui sono abituati a questa violenza. Nella maggior parte dei casi si tratta di individui instabili che sono venuti qui per poter sfogare la parte oscura in loro attraverso la tratta degli schiavi, banchetti a base di sesso e sangue, uccisioni di massa e tante altre amenità. Se non mi comportassi in questo modo anch'io, non rispetterebbero mai la mia autorità, Lux. Hanno bisogno di un capo forte, che non esiti ad uccidere nel caso il suo volere non venga rispettato. Uno che non si lasci trasportare dai sentimenti, perché il suo cuore è fatto di pietra. Un capo senza pietà. Io devo comportarmi di conseguenza. La realtà dei fatti è questa e io non posso semplicemente cambiare il modo di pensare e comportarsi degli abitanti di questo pianeta, lo capisci? Hai guardato dentro di me, ti ho fatto vivere il mio passato. Non avrei mai potuto mentirti, Lux. Credi sul serio che io sia un mostro sanguinario e insensibile?"

L'intensità del suo sguardo la costrinse a distogliere gli occhi per un attimo. Era una cosa che le capitava raramente, dato che il suo orgoglio non le permetteva di cedere in quelle occasioni, ma Sion ce la stava mettendo davvero tutta. Sembrava assolutamente intenzionato a farle credere alla sua storia e, difatti, Lux sentì le sue dita sul mento. Il vampiro le fece sollevare il viso di nuovo, per poterla guardare negli occhi.

"Lo credi sul serio?" le chiese, con voce ancora più bassa e lo sguardo sofferente.

Lux ci pensò bene prima di rispondere. Aveva visto dentro di lui e, su questo Sion aveva ragione, il vampiro non avrebbe potuto alterare i suoi sentimenti nelle visioni oppure gli avvenimenti del suo passato. Durante quegli scambi di potere, tutte le emozioni e le visioni arrivavano senza filtri, sia quelle piacevoli che quelle meno piacevoli. Sion non avrebbe potuto fermarla nemmeno se avesse voluto. Lux aveva visto dentro la sua testa e dentro il suo cuore, però era anche vero che non aveva trovato la risposta al quesito fondamentale: i sentimenti che provava per lei erano veri oppure no?

In quel momento, svuotata da ogni emozione per via della battaglia, stremata da quell'utilizzo massiccio del suo potere e stregata da quello sguardo tanto intenso e da quel viso d'angelo, Lux decise che non aveva intenzione di combattere ancora. Almeno per il momento, ovviamente.

"No, non ci credo" gli rispose, ed era la verità. Sion non era un pazzo sanguinario, solo un vampiro ambizioso e opportunista che non si poneva tanti scrupoli nell'usare la gente per arrivare ai suoi scopi.

Quando le dita di Sion le carezzarono una guancia in un tocco leggero, il potere di Lux si mosse di nuovo dentro di lei, come un muscolo che era rimasto fermo per troppo tempo e che ora aveva deciso di flettersi di punto in bianco. Le mura che aveva costruito tanto faticosamente attorno a sé cominciarono a sgretolarsi e man mano Lux cominciò a percepire i sentimenti e i pensieri di Sion. L'intensità con la quale le arrivarono quando le barriere tra loro furono finalmente eliminate la fece arrossire, ma questa volta lui non sorrise. Si avvicinò a lei, sfiorandole le labbra con le sue in un gesto sensuale e facendo flettere di nuovo il potere, lasciandola per un attimo senza fiato. Quando si riprese, Lux affondò le dita nella cascata di capelli biondi del vampiro, che al tatto erano ancora più morbidi di quanto lei avesse immaginato. Tirandolo a sé, intrecciò le gambe attorno alla vita di Sion, intrappolandolo contro il suo corpo e catturando le sue labbra in un bacio appassionato. Sion non sembrò per niente turbato dalla sua aggressività, intensificando il bacio e mostrandole coi fatti esattamente quanto trovasse eccitante quel cambiamento in lei. Sollevandola senza alcuno sforzo, il vampiro si diresse verso il grande letto a baldacchino: sapeva muoversi nella stanza senza bisogno di guardare dove stesse andando, come se fosse dotato di un radar interno che gli indicava il percorso esatto.

Una volta giunto al letto, senza mai smettere di baciarla e stringendosi ancora di più a lei, mentre le sue mani avevano già iniziato ad esplorare quel corpo perfetto, Sion la poggiò sul soffice materasso, stendendosi sopra di lei. Ogni dubbio sembrava essere stato spazzato via, anche grazie al potere che, a causa di quel contatto tanto intimo, sembrava animato da una scintilla di vita propria, amplificando ogni sensazione.

Mentre fuori la notte eterna avvolgeva il palazzo e tutto il suo bagaglio di morte, i due amanti dimenticarono finalmente ogni timore e inibizione, donandosi completamente l'uno all'altro, con un'intensità mai sperimentata in precedenza.

CAPITOLO 12

Il racconto di Nemesis le aveva gelato il sangue nelle vene, ma Lux non aveva fiatato, né si era mai sognata d'interromperlo. Era raro che il gigante parlasse di sé per così tanto tempo, così com'era raro che mostrasse una parvenza di pentimento. Nemesis era uno di quegli uomini che riescono a confondere la sottile linea che divide l'ironia dalla cattiveria, lasciando sempre le persone con le quali interagiva nel dubbio se fossero stati offesi seriamente, oppure no. Quel comportamento gli era costato uno sforzo non indifferente e andava rispettato.

Scegliendo di andare da sola da Nemesis, senza avvisare Nathaniel, Lux aveva messo in conto il fatto che il gigante avrebbe potuto adirarsi o rifiutarsi di rispondere alle sue domande, fraintendendo la sua preoccupazione e pensando che si trattasse di semplice curiosità da pettegola. Correndo il rischio di essere fraintesa e trattata in malo modo, Lux aveva comunque deciso di provare a parlargli, per capire cosa ci fosse di vero in quello che era stato discusso durante il consiglio del Governo Centrale. I suoi dubbi sul gigante erano ancora vivi, rinfocolati dal racconto di Nathaniel, che le aveva confessato di essere stato bloccato da Nemesis e non averla potuta salvare dal morso di Sion. Perché gliel'aveva impedito, dunque? Sperava forse che anche lei diventasse un vampiro? La odiava davvero fino a quel punto?

Decisa a scoprire la verità, nonostante gli eventuali rifiuti che avrebbe potuto opporre il gigante e cercando di pensare a tutto tranne a quello che era successo tra lei e Sion, Lux si era recata nella saletta dove sapeva di trovare Nemesis, con passo deciso e sperando di trovarlo solo. Era stato molto più facile del previsto: il gigante sembrava turbato, come se la fine delle ostilità sul pianeta Nocturnu avesse messo la sua libertà in pericolo. In parte era vero: ora che la missione era terminata, il Consiglio avrebbe potuto richiamarli ed esaminare le accuse di Ross con più attenzione, senza aspettare le fantomatiche prove, della cui esistenza fino a poco tempo prima dubitavano. Il gigante lo sapeva e, almeno per una volta, non si preoccupò di nascondere la sua inquietudine. Rischiava grosso, a partire dall'esilio fino ad arrivare alla pena di morte, se fosse stato provato con assoluta certezza che aveva deliberatamente fatto uccidere i suoi compagni. Ross era un uomo influente, avrebbe potuto corrompere qualcuno o produrre prove false e allora per lui non ci sarebbe stato scampo. Andava fermato.

Lux aveva soltanto avuto il tempo di sedersi comodamente su una poltrona cremisi, bordata di un elegante cordoncino dorato, che Nemesis aveva iniziato a parlare. Osservava il bagliore della luna, che quella notte era nascosta quasi completamente da una fitta coltre di nubi e aveva le possenti braccia incrociate sul petto. Non si era mai voltato, come se conoscesse il rumore dei suoi passi così bene da sapere per certo chi fosse entrato nella stanza. E ad un tratto, come se non vedesse l'ora di spiegarsi, aveva iniziato a narrare gli avvenimenti di quella notte di tanti anni prima, quando era quasi morto durante la ribellione dei cyborg, con voce quasi assente. Gli eventi narrati e quella innaturale calma con la quale Nemesis descriveva la morte dei propri compagni e il fallimento della missione gelarono Lux, che però non fiatò. Quando fu abbastanza sicura del fatto che il gigante non avrebbe aggiunto altro, la donna si alzò, avvicinandosi lentamente alle sue spalle. Gli poggiò allora le mani sulla schiena, non riuscendo ad arrivare, nonostante fosse alta per essere una donna, alle sue spalle larghe e possenti. Forse era stata la precisione con la quale le aveva descritto tutta la scena a farle credere alla sua versione. Forse si era semplicemente resa conto che in una situazione tanto disperata nemmeno lei avrebbe saputo reagire diversamente: erano animali da combattimento e, in quanto tali, il loro istinto di sopravvivenza era alquanto sviluppato, tanto da costringerli a prendere decisioni terribili senza battere ciglio. Poteva davvero considerarsi meglio di lui? No, Lux non lo pensava. E a dirla tutta, non era certa nemmeno dell'onestà di Ross, che si era dimostrato un uomo pieno di rancore e con uno spiccato senso della vendetta. Inimicarselo voleva dire farsi un rivale mortale ed era proprio quello che stava succedendo a Nemesis. Era giusto che il gigante venisse giustiziato solo per aver deciso di non volersi sacrificare per una causa ormai persa? No. E ora che conosceva la sua parte della storia, avrebbe fatto il possibile per impedirlo.

"Lo fermeremo" gli disse, semplicemente, senza aggiungere altro.

Nemesis sembrò apprezzare il gesto, perché il suo corpo si spostò impercettibilmente così che le mani della donna premessero giusto un tantino in più sulla sua schiena.

"A me non piace quell'uomo" le rispose, senza spostare lo sguardo da quel panorama che ormai poteva affermare di conoscere a memoria.

"C'è qualcosa di strano in lui. Non è mai voluto venire in missione con noi e il più delle volte non saprebbe come sviluppare un piano se non lo aiutassimo noi. E allora, com'è arrivato al grado di capitano?"

Il silenzio li avvolse di nuovo allora, mentre Lux valutava la situazione. Nessuno meglio di lei sapeva quanto fosse difficile guadagnarsi la fiducia del Governo Centrale e farsi affidare una task-force. E di sicuro ben pochi sapevano anche quanto fosse terribile perdere quello per il quale si è lavorato duramente solo per aver riposto la propria fiducia nelle mani dell'uomo sbagliato. Certo, Ross era un incapace che aveva troppa paura per seguirli in missione, ma forse il Governo Centrale gli aveva affidato quella task-force che consideravano *difficile* per motivi che loro potevano non conoscere. Lux non vedeva alternative.

"Sai benissimo quanto me che non può essere arrivato lì da solo a meno che non si trattasse di un uomo dalle grandi capacità".

Le labbra del gigante allora si curvarono in un mezzo sorriso e gli occhi si voltarono verso le sue spalle, come se si aspettasse di vederla fare capolino da lì dietro, prima di tornare alla finestra. Quanto era ingenua, Lux. Temibile guerriera, amante passionale e nonostante tutte le morti e gli orrori ai quali aveva assistito riusciva ancora a vedere del buono nelle cose. Quella sua capacità lo attraeva e lo respingeva allo stesso tempo, benché non si fosse mai curato di comunicarglielo.

"E tu sai benissimo che esiste una piaga che porta il nome di corruzione".

Quasi che fosse stata colpita, Lux arretrò di qualche passo, perdendo il contatto con Nemesis. No, non poteva essere. Benché il malfunzionamento del Governo Centrale per lei rappresentasse soltanto la spia di un malessere diffuso in un Universo che aveva voglia di cambiare e che tuttavia non voleva impegnarsi per farlo, Lux non riusciva a concepire il fatto che il Consiglio avesse rischiato una task-force e una serie innumerevole di scandali e missioni fallite soltanto per rispondere alla chiamata del *Dio* denaro. Aveva forse sprecato del tempo, allenandosi duramente soltanto per ottenere l'approvazione di un gruppo di vecchi decrepiti che probabilmente ridevano alle sue spalle? E a questo punto perché non pensare che la mutazione non autorizzata della quale era stata vittima fosse stata opera loro?

"Stai lanciando accuse molto pesanti, Nemesis" riuscì infine a rispondergli, mentre tornava a sedere sulla poltrona che aveva occupato fino a qualche momento prima. "Fossi in te non mi fiderei a parlarne così liberamente. Anche i muri hanno orecchie, quando si tratta di questo genere di cose".

Prima che Nemesis potesse aggiungere qualcosa, Nathaniel fece il suo ingresso nella stanza, senza preoccuparsi di bussare. Guardò il gigante negli occhi, lasciando che lui vedesse il risentimento che ancora provava nei suoi confronti per averlo trattenuto quella notte, per poi andare a sedersi ai piedi di Lux, poggiandole la testa sulle ginocchia come di consueto.

Quasi come se le sue mani avessero vita propria, Lux si trovò ad accarezzargli i lunghi capelli corvini con gesti teneri e lenti, che rilassarono entrambi. Le spalle, strette fino a poco prima per via della tensione accumulatasi in quegli ultimi momenti passati con Nemesis, si abbassarono e il blu dei suoi occhi perse quella sfumatura scura che li colorava quando era arrabbiata.

"Stavate parlando di Ross, vero?" chiese l'indiano, guardando alternativamente la sorella e poi Nemesis. "Lo avete stampato sul viso a caratteri cubitali".

"Lux non sopporta l'idea che Ross possa essere un semplice bastardo che ha corrotto il Consiglio per farsi assegnare una task force" spiegò Nemesis, senza mezzi termini, com'era sua abitudine, guadagnandosi un'occhiataccia da parte della donna.

"Io invece lo trovo plausibile" rispose Nathaniel con naturalezza, scrollando le spalle e spostando la testa per avere una migliore visuale della sorella. "L'uomo non è un essere perfetto, lo sai benissimo anche tu. I membri del Consiglio non potrebbero essere totalmente puliti nemmeno se lo volessero. Io stesso mi sono chiesto più volte come diamine avessero potuto pensare di affidarci a Ross".

Accettare quel fatto, che per Nathaniel era tanto normale, per Lux significava ammettere l'idea che il suo intervento potesse essere stato frutto di quella corruzione. Se il Governo Centrale fosse governato da elementi instabili e facilmente corruttibili, niente gli avrebbe impedito di affittare il suo corpo per degli esperimenti scientifici di modifica del DNA. Il suo desiderio più grande era quello di trovare il bastardo che aveva autorizzato l'operazione e ucciderlo lentamente, facendolo soffrire il più possibile. I membri del Consiglio erano irraggiungibili però. Nemmeno usando i suoi poteri avrebbe potuto ucciderli: era una battaglia persa. Possibile che il fato le fosse così avverso? Non chiedeva altro se non scoprire chi fosse stato e tutto ad un tratto una rivelazione apparentemente innocua rischiava di farle perdere anche l'ultima speranza di vendetta. No, doveva convincersi che non era possibile.

"Accusarlo senza prove non ci porterebbe comunque a niente" rispose Lux con nonchalance. "È la strategia che ha adottato lui e non serve a scagionare Nemesis, quindi non vedo perché insistere".

"Forse potremmo trovare qualcosa di più nei files del Governo" rispose Nathaniel, abbassando la voce e guardandola con malizia, rendendosi perfettamente conto che pronunciare quelle frasi era come sganciare una bomba sulla folla.

"Sei impazzito per caso?" gli chiese infatti Lux, con gli occhi sgranati, ritraendo le mani come se da un momento all'altro Nathaniel potesse decidere di morderla.

"Quei computer sono protetti da firewall che nemmeno gli hacker più bravi sono mai riusciti a penetrare" rispose semplicemente Nemesis, poggiandosi al davanzale e incrociando di nuovo le braccia sul petto È mentre osservava l'indiano con rinnovato interesse e stima. Era come se lo vedesse per la prima volta. Evidentemente non era lui l'unico poco onesto.

"Non saremmo in grado di aggirarli".

"Forse si, se proviamo a usare le tue abilità informatiche e i poteri di Lux" ribatté Nathaniel, che sembrava averci preso gusto e che osservava la sorella con aria divertita. Non sapeva perché si scandalizzava tanto, certo aveva lavorato per quegli uomini perché credeva in ideali che per lui erano puramente utopici, ma quegli stessi uomini non avevano esitato a prenderla a calci nel sedere per un suo piccolissimo sbaglio, rigettandola nella mischia insieme a tutti gli altri. Perché continuava a credere nella loro inflessibilità?

"I miei poteri?" chiese lei a quel punto, a fatica, come se ancora le fosse difficile mettere insieme tutti i pezzi di quell'intricato puzzle. "Non vedo come…"

"Se tu provassi a leggere nella macchina come leggi nel pensiero, potresti comunicare quello che senti a Nemesis e dargli quindi i codici di accesso al sistema" la interruppe Nathaniel, dimostrando di aver studiato la cosa nei minimi particolari e quindi di aver già pensato di frugare nei misteri del Governo Centrale da tempo.

"Sai bene che non controllo questo tipo di potere" rispose lei, scuotendo la testa come se fosse impossibile. "Va e viene a suo piacimento. E d'altronde non ho mai nemmeno provato a leggere una macchina, non saprei da dove iniziare".

"Però potresti provarci" la incalzò Nemesis, senza muoversi dal suo davanzale. "A meno che tu non sia ormai irrimediabilmente persa dietro a quel vampiro".

Si trattava di una sfida e sia lui che gli altri due lo sapevano. Nemesis non faceva mai nulla a caso ed era perfettamente consapevole del fatto che Lux non sapeva resistere a una sfida, neppur volendolo. Il suo orgoglio alla fine prevaleva sempre, nonostante il fratello in genere cercasse di dissuaderla. Questa volta però Nathaniel rimase in silenzio: voleva scoprire quelle informazioni quanto Nemesis. Per una volta non era lui il cattivo. O almeno, non lui soltanto.

"Non capisco a cosa tu ti stia riferendo" rispose Lux, alzando il mento e guardandolo con aria seccata. Il fatto che Nemesis avesse fatto riferimento a Sion l'aveva punta sul vivo. Lei e il vampiro avevano passato più di una notte insieme, lasciandosi andare alla passione e molto spesso anche a una tenerezza che non sapevano di possedere. Fuori dal letto, però, conducevano due vite separate e a malapena si guardavano. Erano entrambi orgogliosi e testardi, incapaci di ammettere che stava nascendo qualcosa tra loro per non dover accettare responsabilità che mai avevano creduto di dover mettere in conto. Non c'era spazio per i sentimenti nella loro vita: Lux viveva solo e unicamente per il suo lavoro, mentre Sion era troppo occupato a rincorrere il potere. Il fatto che Nemesis si fosse accorto che qualcosa tra loro era cambiato le fece capire che, nonostante avessero cercato di nascondere quello che stava succedendo, non vi erano riusciti affatto.

"Non ti permetto di mettere il naso in affari che non ti riguardano".

"Tu potrai non permettermelo, ma io metto il naso dove mi pare, se il tuo comportamento da umana in calore mette a repentaglio la sicurezza della task-force" rispose lui, sollevando un sopracciglio e costringendo Nathaniel a guardarlo con più attenzione: non era forse gelosia quella che vedeva nei suoi occhi? Nemesis non aveva mai osato avvicinarsi a Lux prima d'ora, nonostante il fatto che si vedesse chiaramente quanto fosse attratto da lei. O almeno, Nathaniel l'aveva sempre saputo, ma sua sorella sembrava cieca nei confronti di certe cose. Fino ad allora, però, Lux aveva avuto amanti occasionali e Nemesis non aveva mai avuto niente da ridire: che il gigante si sentisse minacciato da una sua possibile storia con Sion?

"Il mio comportamento farebbe cosa?" ripeté lei, balzando in piedi, dimentica di tutto e guardandolo con furore. Come osava accusarla in quel modo? Per lei non c'era offesa peggiore se non quella di mettere a repentaglio la vita delle persone alle quali teneva e che avrebbe difeso fino alla morte. "Dimmi Nemesis, cosa c'entra chi mi porto a letto con la sicurezza della nostra squadra? Mi sfugge qualcosa oppure sei soltanto geloso marcio?"

Una risata scosse il gigante. Era così strano veder ridere quella macchina da guerra, in modo così aperto e non volutamente ambiguo come faceva di solito, che all'inizio la visione fu quasi spaventosa.

"Io geloso?" ripeté, quasi che il concetto stesso fosse troppo stupido per essere anche solo preso in considerazione. "O forse sei tu a non renderti conto che il tuo bel vampiro dai capelli biondi ti sta soltanto usando, Lux? Forse non ti sei nemmeno accorta del fatto che sei una pedina sulla sua scacchiera, come tutti noi del resto. Stai pensando con il cervello che hai tra le gambe e ti sei fatta abbindolare da trucchetti da vampiro come un'umana qualsiasi. Ti credevo migliore".

Usarla? Lux scosse la testa come se non avesse capito bene. Fino a quel momento aveva sempre considerato quella specie di storia che aveva con Sion come un reciproco godere dei propri corpi: lei usava lui allo stesso modo in cui lui usava il suo corpo. Non c'era niente di più. Come poteva una cosa del genere mettere a repentaglio l'incolumità di Nemesis e Nathaniel? E perché suo fratello non apriva bocca, come se anche lui sapesse qualcosa che a lei sfuggiva?

"Se hai qualcosa da dire, Nemesis, ti conviene farlo ora, prima che io perda irrimediabilmente quel briciolo di controllo che ancora mi resta".

"I tuoi poteri, Lux" rispose lui, avvicinandosi di qualche passo. "I tuoi poteri gli servono. Gli hanno permesso di vincere la guerra col suo nemico di sempre, non dirmi che non ci hai mai pensato".

"E se fosse tutta una messinscena del Governo Centrale per tenerlo buono?" azzardò Nathaniel a quel punto, intromettendosi per la prima volta nella discussione e guadagnandosi uno sguardo sconcertato da parte di Lux e un'occhiata d'intesa da Nemesis. "Nella visione di Lux hanno parlato di un'arma segreta per controllare Sion e... beh vi siete comportati in modo strano da subito. Quest'arma potrebbe essere il tuo potere, Lux. Conosci il modo in cui operano, non possiamo escludere niente".

"D'accordo, d'accordo" rispose la donna, fingendosi indifferente all'intera faccenda, mentre invece dentro di sé bruciava di rabbia. Era stata usata. Usata dal Governo Centrale per tenere sotto controllo un vampiro potenzialmente pericoloso, oppure dallo stesso vampiro che ogni notte s'infilava nel suo letto per assicurarsi la sua presenza al suo fianco e usarne i poteri: entrambe le ipotesi la disgustavano e alimentavano una rabbia cieca che però agli altri non volle mostrare. Quel coinvolgimento emotivo non era affare di nessuno, ne avrebbe discusso solo e unicamente con Sion. Se c'era una cosa che voleva evitare era dare la soddisfazione a Nemesis di vederla crollare come una ragazzina alle prese con la prima cotta: sarebbe morta piuttosto.

"Se proprio ci tenete posso provare a usare i miei poteri per scoprire l'accesso al sistema centrale governativo. Lasciate però che mi occupi io di Sion, a voi lascio Ross".

'A meno che non scopra che anche lui c'entra qualcosa con l'operazione che mi ha ridotta così' pensò la donna, che però si guardò bene dal dirlo ad alta voce.

CAPITOLO 13

La stringa da digitare apparve nella sua mente come se fosse stata disegnata su una lavagna con del gesso bianco. Lux sembrava in preda a una trance, nonostante non presentasse tutti gli effetti negativi causati da una visione vera e propria. Aveva gli occhi chiusi, avvolta nell'oscurità della stanza di Nemesis, rischiarata soltanto dalla fievole luce del monitor.

H – T - // 4357 W

Iniziò a dettare con una voce che non sembrava nemmeno la sua. Le palpebre si muovevano veloci, alzandosi di pochi millimetri ogni tanto e mostrando il bianco del bulbo oculare sottostante. Nathaniel si era seduto sul pavimento con lei, ma alle sue spalle, così da poterle cingere la vita con le braccia. L'aveva tirata a sé per instaurare un legame con la realtà che non lasciasse che qualche visione indesiderata la risucchiasse nella trance che di solito la lasciava esausta e disorientata.

Seduto all'elegante scrivania, il volto rischiarato dalla luce azzurrognola che proveniva dal sottilissimo schermo del computer, Nemesis digitava velocemente le stringhe dettate da Lux, ben sapendo che se avesse sbagliato un passaggio, un impulso sarebbe riuscito a risalire fino a loro per poi riportare tutti i loro dati al Governo Centrale. Sarebbe stata la scusa perfetta per metterlo sotto arresto e rimuoverlo dalla sua posizione, dando credito allo stesso tempo alle accuse di Ross. No, non l'avrebbe avuta vinta così facilmente. Non con lui.

"Sono dentro" riferì poi agli altri, senza staccare gli occhi dallo schermo e cliccando freneticamente per cercare i files riguardanti Ross.

Nathaniel strinse ancora di più la sorella a sé, invitandola a quel modo a staccare quel contatto mentale che era riuscita a stabilire con uno degli operatori che si occupava della sala operativa del Governo Centrale: le era bastato pensare a quella stanza che aveva visto decine di volte, perché la sua mente seguisse la traccia come un segugio, risalendo a quell'uomo e succhiandogli le informazioni necessarie ad entrare nel cuore del Governo Centrale. Nathaniel e Nemesis si erano scambiati un'occhiata, ma nessuno dei due aveva osato fiatare.

Lux, contrariamente a quanto accadeva di solito, si era risvegliata quasi subito, come se si trattasse di una visione superficiale, non una di quelle che la coinvolgevano quasi in prima persona. Aveva aperto e chiuso gli occhi un paio di volte, come se non si rendesse conto di dove fosse, poi si era voltata a guardare il fratello che l'abbracciava e si era visibilmente rilassata.

"Ho i file di Ross" aveva intanto comunicato Nemesis, che sembrava del tutto disinteressato alle sorti di Lux.

"Bingo!" esclamò poi il gigante, sul cui volto era apparso quel ghigno sardonico tipico di quando stava godendo delle disgrazie altrui o semplicemente tramando qualcosa di crudele.

Lux e Nathaniel si alzarono in piedi e si avvicinarono alle sue spalle per leggere il dossier che Nemesis aveva appena aperto. Avevano concordato che era meglio non stampare niente, per non lasciare tracce. Gli bastava scoprire qualcosa e cercare di capire a che gioco stessero giocando. Da quel punto in poi, avrebbero potuto organizzare un contrattacco per mettere in cattiva luce Ross, in modo da indebolire le sue accuse nei confronti del gigante.

Ross Haiman, nato nel sistema Halian III da genitori sconosciuti, era stato cresciuto dal Governo Centrale in uno di quegli orfanotrofi attrezzati apposta per bambini che i genitori non volevano riconoscere. Sembrava un'iniziativa lodevole, se non fosse che gli orfanotrofi erano in realtà vere e proprie scuole para-militari nelle quali ai bambini veniva fatto un lavaggio del cervello perché diventassero servi fedeli di quello stesso Governo che li aveva costretti in quei casermoni. Man mano che leggevano, i tre si resero conto che Ross era un elemento disturbato e pericoloso. Già da bambino era stato coinvolto in una serie di risse coi suoi coetanei, durante le quali aveva mostrato segni di una violenza atipica per la sua età. Il dossier su di lui riportava decine di morti per le quali Ross era l'unico sospettato, ma senza le prove necessarie per inchiodarlo. Una delle accuse mosse nei suoi confronti da supervisori zelanti era quella di corruzione delle alte sfere. Cliccando sul nome di coloro che l'avevano denunciato, implicando anche il coinvolgimento dei membri del consiglio, i tre scoprirono che erano tutti stati eliminati o che si erano perse le loro tracce. Uno sguardo d'intesa segnalò il fatto che tutti loro pensavano la stessa cosa: si trattava di un tentativo maldestro di insabbiare l'indagine, sul quale però nessuno aveva avuto da ridire per non inimicarsi a sua volta il Consiglio di Governo.

Un link attirò poi l'attenzione di Lux e i suoi occhi si scurirono all'istante, segno che era molto turbata o che stava ribollendo di rabbia.

"Cliccaci" ordinò a Nemesis, che fino a quel momento aveva finto di non vedere il nome di Lux nella scheda. "Ho bisogno di sapere".

Una volta aperta la cartella relativa alla donna, i tre guardarono inorriditi le fotografie del suo corpo martoriato scattate dall'equipe medica al suo arrivo nel centro sperimentale. Lux non le aveva mai viste, ma per Nemesis e Nathaniel, che l'avevano vista cadere in battaglia e che si erano convinti che fosse morta, non erano una novità. Quello che lasciò tutti senza parole erano i rapporti quasi giornalieri inviati dai medici dell'equipe medica al Governo Centrale, controfirmati da Haiman. Ross Haiman. Il capo che aveva autorizzato la missione suicida nella quale aveva quasi perso la vita. Lo stesso che aveva anche autorizzato gli esperimenti sul suo corpo. Lo stesso Ross che, a giudicare dall'espressione furiosa di Lux e dalle sue mani strette a pugno, avrebbe dovuto guardarsi le spalle da quel momento in poi.

Leggendo il dossier ebbero anche la possibilità di scoprire che entrambe le ipotesi alle quali avevano pensato erano vere. Sion era a conoscenza del potere di Lux e il motivo per cui aveva accettato di farsi aiutare dal Governo Centrale era che gli era stata promessa un'arma segreta che lo avrebbe aiutato a sconfiggere definitivamente Thor. Si trattava di Lux. D'altro canto, il vampiro non aveva idea del fatto che lo stesso Governo Centrale aveva a sua volta intenzione di controllare lui attraverso il potere della donna, contando sul fatto che, inebriato da esso, Sion ne sarebbe diventato assuefatto e non ne avrebbe più potuto fare a meno. Si trattava in effetti di un intricato gioco politico, nel quale Lux rappresentava la pedina più importante.

******

Gli stivali neri che indossava non facevano alcun rumore sul pavimento del corridoio che portava alle stanze riservate a Sion. Eppure, Lux non s'illudeva di essere passata inosservata al radar del vampiro, né si preoccupò di nascondere il suo vero stato d'animo quando spalancò la porta ed entrò nel suo studio.

"Credevi davvero che non l'avrei mai saputo?" gli chiese, a bruciapelo, gli occhi di un blu intenso che lo fissavano in modo accusatorio. La porta si richiuse alle sue spalle, ma lei nemmeno sembrò accorgersene, concentrata com'era sul vampiro.

"Contavo sul fatto che saresti stata già lontana quando l'avresti scoperto" rispose lui, che era comodamente seduto in una poltrona avvolgente, una gamba poggiata su uno dei braccioli in una posa scomposta che lo rendeva ancora più affascinante. Non aveva negato, come se si aspettasse in realtà un confronto del genere e non ne fosse minimamente turbato.

"Sei un bastardo" sibilò lei, per niente colpita dalla visione di quel bellissimo vampiro, la camicia aperta sul davanti e i capelli biondi che quasi gli coprivano il viso per intero. "Sin dall'inizio volevi soltanto usarmi per i tuoi scopi, non è vero? Esattamente come fai con tutto quello che ti passa per le mani, Sion".

"Tu non puoi capire" rispose lui, scrollando le spalle e guardandola attraverso i ciuffi di capelli che gli erano caduti sul viso, senza prendersi il disturbo di spostarli. L'aveva detto con sufficienza, come se fosse assolutamente convinto che un'umana, così giovane in confronto a lui, non avrebbe mai capito la logica dietro al suo piano.

"Io sono un vampiro molto pratico, Lux. Credevo te ne fossi accorta. I tuoi poteri mi servivano per sconfiggere quello che io ho sempre considerato la piaga di Nocturnu. Li ho usati per salvare la mia gente, sì". La sua mano pallida ed affusolata spostò allora i capelli dal viso con un gesto elegante, per poterla guardare dritto negli occhi. "Ma questo non ha niente a che fare con quello che provo nei tuoi confronti. Era tanto che non mi sentivo così, forse secoli. Non sono mai stato bravo in certe cose e pur di non urtare la tua sensibilità ho cercato di frenarmi e di trattenermi quando avrei soltanto voluto stringerti tra le braccia. Ho unito l'utile al dilettevole, sì. Il tuo potere mi ha aiutato ad eliminare il mio nemico più pericoloso, se poi anche tu mi piaci e mi piace stare insieme a te, tanto di guadagnato allora. Non vedo cosa ci sia di strano e perché ti scaldi tanto".

Lux, convinta che avrebbe almeno avuto la decenza di provare a negare, era rimasta interdetta dalla candida ammissione del fatto che l'aveva usata per ottenere potere, ma che secondo lui non c'era nulla di male, visto che nel frattempo si era innamorato a lei. Si arrischiò ad aprire di pochissimo la connessione che li legava e anche lì lesse la sua sincerità: per Sion non c'era nulla di sbagliato in quello che aveva fatto. I suoi scopi erano stati raggiunti e ora pianificava di tenerla al suo fianco come fonte di potere e come amante, senza per questo provare un minimo d'imbarazzo o di rimorso. Quel vampiro aveva davvero dimenticato cosa significava il rispetto per gli altri e l'amore. Amore, il termine che aveva letto dentro di lui. Amore nei suoi confronti, che non sapeva dimostrarle, perché quello che lei voleva era troppo diverso da quello che lui era disposto a darle.

"Se lo pensi davvero, allora meriti di rimanere solo per il resto della tua miserabile vita" sibilò lei con disprezzo quando si fu ripresa dalla sorpresa iniziale. Lo guardò come avrebbe potuto guardare un essere immondo, poi lasciò la stanza senza mai voltarsi indietro.

EPILOGO

L'ordine del Governo Centrale era chiaro: restare su Nocturnu per un periodo di tempo ancora indeterminato. Era giunto quando ormai tutti credevano di poter tornare in quei piccoli alloggi assegnatigli nel complesso spaziale che avevano imparato a considerare come una casa. La loro missione era terminata nel momento in cui Sion, con l'aiuto di Lux, aveva sconfitto Thor, abbattendo di fatto l'unico ostacolo che ancora lo separava dal potere che tanto bramava. Nessuno aveva mai scoperto che erano riusciti ad entrare nel database del Governo Centrale, per carpirne segreti dei quali non avrebbero nemmeno dovuto conoscere l'esistenza e Lux si era ben guardata dall'abbassare di nuovo le proprie difese, per non lasciare che Sion li scoprisse. Tra di loro si era creato uno scomodo silenzio, che Sion non sapeva come infrangere. Ogni volta che tentava di avvicinarsi a Lux, lei lo respingeva, fisicamente ed emozionalmente: senza dubbio ancora in collera con lui per il patto stretto col Governo Centrale a sua insaputa. Sion non ci vedeva niente di male, soprattutto perché non le era successo niente e perché in quel modo erano stati capaci di salvare le vite di tanti vampiri e di tutti i membri della task-force, cosa della quale altrimenti lui non sarebbe stato altrettanto sicuro. Però Lux se l'era legata al dito. Essendo una donna, per giunta umana, anche se soltanto per metà, Sion sapeva che le sarebbe passata. Magari le ci sarebbe voluto più tempo, ma lui avrebbe atteso. Era consapevole dell'effetto che aveva su di lei e sui suoi poteri. Il modo in cui li facevano sentire era mutuo e solo un folle non avrebbe capito che non c'era modo per dividere quei due poteri che sembravano le due metà di una mela. Sì, Lux avrebbe ceduto e lui non avrebbe nemmeno dovuto umiliarsi a chiedere scusa per una cosa che sapeva non essere sbagliata.

Dopo aver chiesto spiegazioni al Governo Centrale, la task-force aveva appreso dal proprio supervisore che il motivo per il quale dovevano restare ancora su Nocturnu era che dovevano assicurare la stabilità del governo di Sion fino a quando non avrebbe potuto gestirsi da solo. Pareva che il consiglio considerasse le caste di vampiri, e quindi lo stesso potere di Sion, come qualcosa di altamente instabile, che andava monitorato di continuo da uomini di loro fiducia.

Una volta chiuso il collegamento, i commenti di Nemesis avevano espresso il pensiero di tutta la task-force: il Governo Centrale voleva che Lux rimanesse sul pianeta per controllare il potere di Sion e impedire quindi qualunque colpo di testa che potesse nuocere all'intero universo.

Nella sua stanza, Lux aveva maturato intanto un'importante decisione: era arrivato il momento di lasciare il pianeta. Ormai era piuttosto evidente che era stata soggiogata dal potere di Sion, sin dal primo momento. Il vampiro aveva giocato con la sua mente, permettendo che lei s'illudesse, mettendola in una situazione scomoda e oltremodo imbarazzante. Mai una volta aveva accennato al patto col Governo Centrale, nonostante il fatto che le avesse mostrato episodi del suo passato e che si fosse vantato con lei di essere come un libro aperto. Ma lo era mai stato davvero?

Dopo una breve consultazione con gli altri membri della task-force, si era deciso di ammutinare. Ognuno aveva i propri motivi: Nemesis voleva tentare di sottrarsi finalmente al giogo che gli era stato imposto, Nathaniel aveva confessato il suo desiderio di provare a trovare, a distanza di anni, gli assassini della moglie e Lux, anche se non l'aveva detto chiaramente, voleva soltanto allontanarsi da una possibile relazione pericolosa che, come le era già successo in passato, avrebbe potuto mettere a rischio la propria vita e la stabilità emotiva faticosamente riconquistata.

Sarebbero stati braccati dal Governo Centrale come animali. L'ordine di ucciderli sarebbe stato pressoché immediato, una volta scoperto il loro piano. Avrebbero dovuto fidarsi l'uno dell'altro, anche se non ne erano mai stati capaci fino a quel momento. Eppure, la prospettiva sembrava assai meno preoccupante del restare su Nocturnu e sotto il giogo del Governo Centrale, che muoveva i fili delle loro vite come se fossero dei burattini.

Avevano preparato la navicella spaziale di nascosto, quando la sorveglianza era minima e i vampiri distratti dai festeggiamenti e dal nuovo sovrano. Lux aveva distratto Sion come meglio poteva, fingendosi concentrata soltanto sul litigio che avevano avuto, come se fosse una ragazzina qualunque. Il vampiro non aveva sospettato niente, troppo pieno di sé per rendersi conto che la donna non era poi così affascinata da lui come credeva, rendendo le cose ancora più semplici per i membri della task-force.

Fu soltanto quando la navicella si staccò da terra, che Sion si rese conto che c'era qualcosa di strano. Il filo sottile che lo univa a Lux sembrava essere cambiato, come se lei si fosse allontanata. Non trovandola nella sua stanza, aveva dato l'ordine di cercarla in tutto il palazzo. Quando una visione di lei, ai comandi della navetta spaziale, gli invase la mente, la consapevolezza di averla persa scese lentamente su di lui. Assieme ad essa però c'era la sicurezza che l'avrebbe ritrovata ad ogni costo. Perché era andata via a quel modo? E perché non si era accorto prima delle sue intenzioni? Possibile che un semplice litigio avesse potuto turbarla a quel modo?

Tra le tante domande, e quel sentimento sconosciuto che gli riempiva il cuore e che stava disperatamente tentando di spingere giù, in fondo al proprio essere, dove non gli avrebbe più dato il tormento, una sola parola gli riecheggiava nella mente:

Antrax.

Dovevano rimuovere i microchip.

"Sto arrivando, Lux. Non puoi andar via così..."

Note e Ringraziamenti

Dopo una lunga gestazione, ho finalmente deciso di pubblicare *Fade to Black*. I personaggi e la storia di questo libro non facevano altro che perseguitarmi, notte dopo notte, fino a quando un collega, Carmine Treanni, mi spronò finalmente a mettere tutto su carta. Un grande ringraziamento va a lui e ai suoi preziosissimi consigli. Editor anche di questo libro, mi è stato vicino durante tutta la lavorazione.

Ci sarebbero tante altre persone da ringraziare, in primis la persona che mi accompagna da tutta una vita, Aldo Cantarelli, che non ha mai smesso di credere in me nemmeno per un momento e anzi mi ha sempre spronato a pubblicare, anche quando, scoraggiata, avevo deciso di lasciar perdere. Non penso esistano parole abbastanza forti per ringraziare lui e tutta la mia famiglia.

www.ingramcontent.com/pod-product-compliance
Lightning Source LLC
Chambersburg PA
CBHW070510260626
47161CB00004B/1511